AF196921

Oskar Ackermann

Üwwer's Wasser dänzle

Üwwer's Wasser dänzle

25 biwwlische Gschichte
nei verzählt im symbadische Kurpfälzisch
vum Mundartpfarrer

Oskar Ackermann

Fotos aus de Region vum
Michael Anselm

www.tredition.de

© 2019 Oskar Ackermann
Redaktion: Wiebke Möhr-Ackermann
Fotos: Michael Anselm

Verlag & Druck: tredition GmbH, Halenreie 40-44,
22359 Hamburg

ISBN
Paperback   ISBN 978-3-7497-8032-7
Hardcover   ISBN 978-3-7497-8033-4
e-Book   ISBN 978-3-7497-8034-1

Das Werk, einschließlich seiner Teile, ist urheberrechtlich geschützt. Jede Verwertung ist ohne Zustimmung des Verlages und des Autors unzulässig. Dies gilt insbesondere für die elektronische oder sonstige Vervielfältigung, Übersetzung, Verbreitung und öffentliche Zugänglichmachung.

Inhaltsverzeichnis

Vorwort

„Uff de Gass" lernte ich als Kind die Kurpfälzer Mundart, zu Hause wurde in der Regel Hochdeutsch gesprochen. „Uff de Kanzel" predigte ich im Mai 1989 zum ersten Mal auf Kurpfälzisch. Ich verstand es zunehmend zu schätzen, dass die Mundart eine lebendige Sprache mit aussagekräftigen und einfachen Bildern ist, die viele Zwischentöne und Andeutungen ermöglicht und näher am Leben der Menschen ist.

Meine mundartliche Heimat sehe ich in Mosbach-Neckarelz in der sog. Kleinen Kurpfalz, wo die Familie meiner Mutter seit Jahrhunderten ansässig ist. Wenn ich in meiner Universitätsstadt Heidelberg bin, den Neckar rieche und die bewaldeten Höhen des Kleinen und des Großen Badischen Odenwalds sehe, fühle ich mich ganz einfach glücklich.

In 36 Berufsjahren als Pfarrer lernte ich viele Teile der badischen Heimat kennen und schätzen: das Neckartal und den Kraichgau, das Murgtal und Baden-Baden, das Wiesental im Südschwarzwald und zuletzt das Kurpfälzer Kernland mit Brühl. Überall begegnete ich Menschen, die ihre jeweils eigene Muttersprache pflegten. Wenn ich mit ihnen ins Gespräch kam, nahm ich gerne die Eigenarten und Redewendungen ihres Dialekts auf. So kam es, dass meine Mundart sich nicht allein auf einen Ort festlegen lässt. Die anderen badischen Regionen sind immer noch herauszuhören. Ich sage darum gerne, dass ich ein „symbadisches" Kurpfälzisch pflege.

Für die Umsetzung in Schriftform erfand ich eigene Regeln, die ich aber nicht immer konsequent eingehalten habe.

Insgesamt siebzehn Jahre war ich im südbadischen Wiesental, der Heimat des Johann Peter Hebel, tätig. Die alemannische Mundart hörte ich zunächst einmal nur staunend, lernte aber bald, sie zu verstehen und dann auch etwas zu sprechen. Die Selbstverständlichkeit, mit der dort dieser Dialekt auch bei offiziellen Anlässen verwendet wird, faszinierte mich. Ich lernte im Wiesental zwei Pfarrer kennen, die auch auf Alemannisch predigten. Das ließ in mir einen geheimen Wunsch aufkommen. Ich erfüllte ihn mir, als im Mai 1989 meine Mutter an einem Sonntag Geburtstag hatte und ich darum in meiner Heimatgemeinde Neckarelz den Gottesdienst in der Martinskirche übernahm. Während meiner Predigt wechselte ich zur Überraschung der Gemeinde in die heimatliche Mundart über. Zahlreiche Rückmeldungen bestärkten mich. Nur meine Mutter meinte: „Muss des sei?!"

Im Sommer 1990 zog ich vom badischen Oberland zurück ins Unterland nach Brühl. Hier begann ich im Mai 1991 zu bestimmten Gelegenheiten in Kurpfälzer Mundart zu predigen. Im Lauf der Jahre sammelten sich 32 Predigten an, die ich in insgesamt 23 Gemeinden der Kurpfalz hielt. Im Oktober 2017 beendete ich nach 50 Jahren endgültig meinen Predigtdienst. „Nix wie weg" hieß das Thema meiner letzten Mundartpredigt über den Propheten Jona. Ich beherzigte damit den altbewährten Rat, mit einer Sache aufzuhören, solange sie (noch) gut und schön ist.

Die Idee, Teile meiner Mundarttexte zu veröffentlichen, trug ich lange mit mir herum. Im Frühjahr 2018 wurde die Planung zu diesem Buchprojekt konkret. Ich begann, die Hälfte meiner Mundartpredigten zu kürzen und zu biblischen Nacherzählungen umzuarbeiten. Einige Geschichten schrieb ich ganz neu. Sie haben zwar noch einen biblischen Bezug, sind aber in freier Phantasie ausgestaltet. Ein Prediger ist zur Texttreue verpflichtet, ein Erzähler darf sich Freiheiten erlauben.

ALTE BRÜCKE & SCHLOSS | HEIDELBERG

Zu meiner großen Freude konnte ich Michael Anselm zur Mitarbeit an dem Buchprojekt gewinnen. Er ist seit vielen Jahren ein exzellenter Fotograf, dessen Arbeiten ich sehr schätze. Gemeinsam entwickelten wir das Konzept für die Bilder in diesem Buch. Es sind in der Regel aktuelle Aufnahmen aus der Region in und um Brühl und Schwetzingen, die alle einen – manchmal verdeckten – Bezug zu den Erzählungen haben.

Meine Frau Wiebke war von Anfang an in mein Vorhaben mit eingebunden. Mit ihrer fachlichen Kompetenz gab sie mir manchen Rat, übernahm redaktionelle Aufgaben und stellte zuletzt eine druckfertige Vorlage zusammen. Ich bin ihr wie auch Michael Anselm zu großem Dank verpflichtet.

Ich wünsche allen, die dieses Buch in die Hand nehmen, viel Freude und manches Schmunzeln beim Lesen der Texte und Betrachten der Fotografien. Es möchte anregen zum Nachdenken „über Gott und die Welt", zum Erinnern an bekannte und vielleicht vergessene biblische Geschichten. Vielleicht erinnert es auch daran, dass unser Glaube uns befähigen kann, wie ein Kephas-Stein „üwwer's Wasser z'dänzle".

Brühl / Baden, im November 2019

I

Babylonisch's Gebabbel

De Turmbau vun Babel

Als alles vor gonz langer Zeit ogfange hod, do hawwe sich die paar Mensche, die's gewwe hod, gut mitenanner verstanne. Es gab bloß ä Sprooch. Die Familie sin immer größer gworre. Jäger un Sammler ware se. Un so sin die eene do un des annere dort hänge gbliewe an jeweils annere Ort.

Dann uff ä Mol sächd sich so en Stamm: Mir suche uns ganz neie Siedlungsplätz, wu mer besser lewe kenne. Alla, Leit, mir gehe jetzerd Rischdung Oste. Des war die erschd Völkerwanderung. Sie sin gloffe, hawwe gsucht, Entbehrunge uff sich gnomme, Hunger un Dorschd ghabt, bis se was Gscheits for sisch gfunne hawwe: e groß Ebene, die Talebene im Land Schinar, des mer aa Zweistromland heiße dud. Die Menschheitsgschicht hod so in de Biwwel ihrn erschde geografische Fixpunkt gkriegt.

War des e Freud for den Stamm, dass se sich jetzerd do hawwe wohlfühle kenne. Noch ner Weil üwwerlege se sich: Wemmer schun do bleiwe welle, dann baue mir uns was, ebbes was gonz Großes. Do sage e paar kreative Köpp: Aus dem Lehm, den mir in de Flußewene gfunne hawwe, konn mer was Neues mache – so was wie Stoiner: den Lehm in kleene Stickle forme, streichle, brenne un schun hod mer Zieggel, mit dene was gebaut were konn. Des is viel oifacher als Stoiner z'sammle oder aus em Fels z'breche. Un donn hawwe mer noch was entdeckt: Erdharz, Asphalt, des is besser als Mörtl. Was kenne mer dodemit mache?

Sie hawwe ned long üwwerlege müsse: Mir baue uns jetzerd Häuser, feschde Häuser, e groß Stadt soll's were. Wohnraum for alle, e Dehoim, wu mer zsamme un sicher lewe kenne, sei Ruh hod un gschützt is. Alles werd greglet, alles soll sei Ordnung hawwe. Un wenn mer scho dabei sin beim Baue, muss aa noch en große Turm her. Kee Wachtürmle, nee, en gonz große Turm, dem sei Spitz soll hoch naus gehe – bis in de Himmel nuff. Alles soll er üwwerrage. Mer sod aa noch viel später sage: Die Bauleit, die des gschafft hawwe, die hawwe ihr Sach kenne, so was Gwaltisches und Mächdisches; dene ihrn Nome muss mer sich merke. Un so hawwe se ogfange, mordsmäßig zu schaffe. Klor, so sage se sich, mir kriege des hi, des gonz Große, mir älloi.

Doch bei dene Allmachtsphantasie is ne ned in de Sinn kumme, dass do noch ebber sei keend, der wu mäschdischer is als sie. Der im Hinnergrund de Herr is üwwer alle un alles, de Schöpfer un Vollender vun allem, was is, was war un was sei wird. Korzum: Gott.

„Der Herr im hohen Himmel wacht" heißt's in dem Lied „Kein schöner Land". Des stimmt. Drum sächd sich de Herrgott: Do unne bei de Mensche dud ebbes was schebb laafe! Ich geh hordisch mol runner un du nochgugge, was die alles so treiwe.

MERKURTEMPEL | SCHLOSSGARTEN SCHWETZINGEN

Gott guggt sich des alles gnau o, macht sisch sei Gedanke üwwer des, was die Strewer do alles rumwerkle un treiwe, un kummt zu dem Entschluss, dass des so ned weiter gehe konn. Un er lässt seine Gedanke glei Tate folge. Er dud jetzerd in seiner groß Vollmacht handle, die er hod. Er regiert un reagiert, bevor sich d'Mensche in ihre Allmachtsphantasie selwer zgrund richte. Er will se vor sich selwer schütze. Die Mensche, dene er bei de Schöpfung so viel mitgewwe hod, so viel Fähischkeite, Kreatives un aa ebbes was Göttlisches. Die Mensche awwer gehe dodemit ned gut um. Sie sin lieblose Egoiste gwore. Gott sieht voraus: Des mit dem Turm un de Stadt, des is nur de Ofang. Wenn die sich immer eenisch sin un so viel Macht, Wisse un Könne sisch bei ganz wennische konzentriere dud, do muss was schief laafe. Es geht d'gut Ordnung verlore: Rücksicht, Toleranz un Liewe bleiwe uff de Streck. De Herrrgott hod e Ahnung, dass er mit de Mensche noch viel Zoores hawwe werd, weil die uff de Erd unne liewer verrückt spiele als sich an des zu halte, was er ihne an Gutem ogebote hod. Odder welle se gar ihn abserviere?

Es war donn koi Dunderwetter, mit dem er dezwische fahre dud. Un es is koi Blut gflosse. Er dud oifach ihr Sprooch dorchenanner wirble. Jedes babbelt uff ä Mol ganz annerschd.

Mir kenne uns des so vorstelle: Als se am Morje wieder an ihr Ärwet gehe, entsteht uff de Großbaustell e saudumms Kuddelmuddel:

„Nu gugg ä Mol! Die krieschen geen rischdisches Wort raus!"
„Pfui Deifi! Was moinschd? Kriegschd glei a Waotschn!"
„He, horsch ä Mol, wenn du mit deim blöd Gebabbel ned uffhöre duschd, falle glei fünf Zieggel uff doin Quadrat-schädel!"
„Na wat'en, wat'en! Mensch Meester, ick vasteh nur Bahnhof!"
„Jo nai, so öbbis, mir chönne die Lüt gar nümme verstoh!"
„So'n Schietkrams, de sin ol duun."
„Mir kehret uns en Dreck drum, was die so saudomm deherschwätzet. Mir machet dapfer weiter: Schaffe, schaffe, Türmle baue."

Oh babbel-mer-doch-keen-schwätz-mer-ned! Do gibt's aa for d'Schwobe nix mehr zu schaffe. Des Kuddelmuddel is z'groß. Werkzeig un Zieggel, Stange un Küwwel liege kreuz un quer rum. Drum ziege alle Leit frustriert fort, jedes wu annerschd no. Zrückbleiwe die halwe Häuser un vor allem de ogfangene große Turm.

Mer hod später soddische Tempeltürm gfunne zsamme mit große Paläst – un zwar in de Stadt Babel, die noch später Babylon heiße dud. So is die ganz alte Gschicht zu ihrm Nome kumme: Turmbau vun Babel.

Beim allererschde Pfingschdfeschd domols in Jerusalem hawwe die Mensche wieder erfahre, dass se dursch de heilische Geist üwwer die Grenze vun Länder un Sprooche kumme un in de Liewe sich wieder verstehe kenne.

AUSGIESSUNG DES HEILIGEN GEISTES | FLÜGELALTAR SCHUTZENGELKIRCHE
BRÜHL

II

Sara zieht mit

Sara un Abraham

Is de e scheene Fraa, sächd mer üwwerall, wu d'Sara nokummt. Klug is se un nimmt mit großem Intresse alles uff, was se sehe un erlewe dud. Resolut setzt se sich ned nur in ihre Beduinenzelt dursch. Sie is ewe – wie ihr Nome Sara sage dud – e Förschdin.

Ihr Monn Abraham lebt als reicher Beduinescheich in de Gegend vun Ur in Chaldäa. Des is im Zweistromland vum Euphrat und Tigris, dem heutische Irak. Sei große Herde lässt er mol do un dort weide. Es is for ihn alles noch üwwerschaubar.

An em sterneklore Owed hoggd er mit seine Leit ums Lagerfeuer rum un sächd donn wie aus heiterem Himmel: „Leit, horchd e Mol her! Packt in de näschde Täg alles sauwer zsamme, mir mache nämlisch jetzerd en longe un große Marsch. Des Ziel kenn ich zwar noch ned, doch de Herrgott werd mer's zeige. Er hod nämlisch zu mer gsproche. Es war wie en gwaldische Ruf an misch, dem ich jetzerd ubedingt folge muss. Gott hod mer was versproche, jo, Verheißunge hod er mer gewwe. Mer sod's ned glaawe: Nochkomme krieg ich, mehr als gnug, e neies Land un große Reichtümer, wirklich! Un ich soll en Sege sei vor viele annere. So was!"

Sei Sara hört sich des aa o. „Alla gut, prima", denkt se sich. „Schee for de Abraham, der schafft des. Sei Gottvertraue is groß. Doch des mit dene viele Nochkomme, ob des noch klappe konn? Ich bin schun so alt. Do dud doch nimmer viel laafe, aa wenn's schee wär."

Sara un Abraham gugge sich frogend o un denke noch: Welle mer wirklich oifach losgehe un unser Wege Gott overtraue? Ha, eigendlisch scho, aa wenn's koi Zuggerschlegge werd. Awwer wie sächd mer? Geh mit Gott – awwer geh! Mir were gwieß unnerm Schutz un Schirm vum Allmächdische bleiwe, aa wenn's mol ned so gut laafe dud. Mir ziehe des zsamme dursch.

Bal druff war's so weit, alles oigepackt un grichtet. Die groß Karawan vum Abraham zieht los gege Weste. De Neffe Lot wird aa mitgnomme.

Mühselisch ziehe se durch d'arabisch Wüst un üwwerquere de Fluss Jordan. Abraham horcht immer uff Gott un weist donn d'Richtung.

Sara is im Hinnergrund bsorgt, dass jedes was z'esse un z'trinke hod un niemeds groß meckere dud.

Die Karawan is im Land Kanaan ogkumme. Dort is alles nei un annerschd. Als Fremde müsse'se sisch erschd e Mol zrecht finne. Uff de Such nach Weideplätz ziehe se im ganze Land rum: von Sichem nach Bethel un bis runner ins Südland, am Rand vun de Wüste Negev. Sie begegne monche oiheimische Kanaaniter, nemme awwer koin große Kontakt zu ne uff.

Dann is uff ä Mal alles knapp gworre im Land. D'Leit hawwe Hunger un aa for d'Viecher is nix mehr zum Knabbere do. Drum macht sich de Abraham mit seiner Karawan wieder uff en weite Weg, des Mol nach Ägypten dorch de Sinai. Do soll alles besser sei, hod er ghört.

Korz vor de Grenz nimmt de Abraham sei Sara uff d'Seit un sächd zu rer: „Moi liewe Sara, dass Du e wunnerschee Fraa bischd, hab ich schun oft zu der gsagt. Du weeschd des. Awwer wenn mer jetzerd nach Ägypten kumme un ich do mei ausghungert Herde weide losse will, werd des zu em große Problem. Ich hab nämlich ghört, dass d'Ägypter scheene Fraue raube. Wenn die Dich sehe, schlage se mich als Dein Monn oifach dod. Drum sag doch, bittschee, dass Du mei Schwester bischd. So were ich un Du un unsre Herde üwwerlewe kenne."

Es war em ned wohl bei seiner fiese Lischd. Dass ihm de Herrgott häd helfe kenne, is em ned in de Sinn kumme.

Die gonz Karawan kommt nei nach Ägypten un sucht nach Weideplätz. Awwer glei werde se vum Pharao seine Leit inspiziert un ausgfrogt – wer, wie, was, wo, warum. Die schee Fraa Sara nemme se sofort mit, weil se ihrm Herrn mit so em hübsche Gsicht e Freud mache welle. Im Palast wird se in de Harem uffgnomme. Wie's üblich is, wird de vermeintliche Bruder for den Verlust von seiner Schwester reichlich entschädigt mit viel Viecher, mit Schöf, Küh, Esel, Kamel un aa Knecht un Mägd. Dodemit hod de Abraham eigentlich ned grechelt. Doch er nimmt all die Gschenk gern o un üwerlässt d'Sara ihrm Schicksal.

Doch Gott will d'Sara, die des alles in stiller Wut mit sisch mache lässt, rette.

19

Im Haus vum Pharao were von heit uff morje ganz viel Leit krank. Aa de Pharao bleibt vun dene Maleschde ned verschont. Wu kommt des plötzlisch her, frooge sich alle un denke noch. Dodebei kummt raus, dass die Neie im Harem, die Sara, ned die Schwester, sondern die Fraa von sellem Abraham is. De Pharao bstellt den sofort zu sich. Wie en begossene Pudel steht der do vor em ägyptische Herrscher. „Warum hoschd Du mer des ogedu?", fängt der o. Er sagt's ned bös. Doch so wie's klingt, muss sich de Abraham arg schäme for sei Verhalte. Alloi des is em Strof gnug.

Er muss s'Land wieder verlosse. E Schutzkommando bringt de Abraham, sei Karawan un aa d'Sara bis zur Grenz.

Sara hod bei dem ägyptische Abenteuer immer ihrn Kopp hochghalte un ihr Würde bewahre kenne. Die folgende Schwierigkeite, mit dene ihr Mann zu kämpfe hod – die Trennung vum Neffe Lot, den gonze Zoores um Sodom un Gomorra – kriegt se mehr am Rand mit.

Awwer die göttlich Zusag un Verheißung, dass sie un de Abraham Nochkomme hawwe solle – so zahlreich, wie d'Stern am Himmel sin, – liegt schwer uff rer. Sie hod immer noch koi Kinner. Drum wird se von annere Fraue scheel ogeguggt; oder sie spekuliere, ob mer doch endlich ebbes was sehe kennd. Des macht rer Stress.

Gott wiederholt sei Verheißunge immer wieder. Abraham denkt derweil drüwwer noch, dass wohl sein Knecht Eliezer alles von ihm erwe keend. Doch Gott weist en zrecht: Nee, so ned, moin Liewer, hab Geduld un ward noch zu; des mit dem Bu, des werd scho.

Do kummt d'Sara in ihrer große Not uff e Idee, von der se moint, dass se allene irgendwie helfe däd. Sie hod nämlich mol ghört, dass schun annere Fraue in ihrer gleiche Not sich so gholfe hawwe. Moi Dienerin Hagar, denkt se sich, hod moi Vertraue. Die geb ich em Abraham als Newefraa, der soll mit rer schlofe. Als so e Art Leihmutter soll se for mich e Kind austrage, des donn als moi eiges Kind gelte dud. So due mer em Herrgott e bissele nochhelfe, ich als Fraa hab moi schwere Nöt los un de Abraham derf stolzer Vadder sei.

Der Plan klappt zunächst e Mol un Hagar werd bal schwanger. Doch donn kummt's uverhofft zu em hefdische Ziggekrieg. D'Hagar spielt sich mächtisch uff, doch d'Sahra hält mit gleicher Münz degege un gwinnt. Hagar flieht in d'Wüste un werd dort vun em Engel gfunne. Sie kehrt wieder zrügg un bringt noch ner Weil ihrn Bu uff d'Welt, den de Abraham Ismael heiße dud.

Doch de Herrgott lässt sich vun de Sara ihr raffiniert Nochhilf ned erridiere. Er hod sein Plan, an dem er ubeirrt feschdhalte will. Was er verspreche un verheiße dud, geht aa in Erfüllung. Er is de Schöpfer vun Himmel und Erde un aa de Herr üwwer alles un jedes. Er schafft, wenn's sei muss, Neues un Uvorstellbares aa gege all menschlich Vernunft.

Als de Abraham im Hain Mamre wieder sei Zelte uffgschlage hod un an em heiße Tag sich e bissele ausruhe will, bsuche ihn drei fremme Männer, die er freundlisch begrüßt. Hordisch dud Sara ihne ebbes was Feins ufftische. Als se mit em Esse fertig sin, sächd eener von dene: „Wenn ich s'Johr druff wieder vorbei kumm, werd dei Fraa Sara en Sohn hawwe." Die awwer steht hinnerm Zelt, lauscht helinge un fängt verbittert z'lache o. „Mir sin doch beide e alts Pärle un ich hab mei Wechseljohr längst hinner mer. Do bassiert nix mehr!" So denkt se sisch. Der Herr awwer hört s'Lache un is drüwer erstaunt. „Em Herrgott is nix umöglich!", stellt er richdisch. „Die Sara werd schwanger un en Sohn gebäre." Sara verschlägt's Sprooch un dud ihr Lache leugne.

Doch bal druff konn d'Sara endlisch wieder fröhlisch lache. Sie is schwanger! E ganz groß Gschenk, des sie un ihr Abraham in tiefer Dankbarkeit onemme. Den Sohn, den se uff d'Welt bringt, gibt de Kindsvadder den Nome Isaak, was „Lacher" bedeute dud.

„Des basst", moint d'glücklisch Mudder, „denn des Lache hod mer de Herrgott gschenkt. Oh, wer häd des noch gedenkt, dass ich, die Sara, in dem Alter noch e Kind stille derf! Es is wirklisch wohr: ich hab meim Abraham en Bu gschenkt! Jedes, des wu dodevu z'höre kriegt, lacht mer zu. Oh, wie schee, – oh wie dankbar derf ich sei!"

Als de kloi Isaak entwöhnt war, gibt de Abraham e groß Feschd, an dem aa die Hagar mit ihrm Ismael teilnimmt. Do passiert's, dass d'Sara den junge Ismael lache sieht. Sie kriegt's in de falsche Hals un verlangt plötzlich vum Abraham, sein annere Sohn un dem sei Mudder aus em Land z'jage. Un vum Erwe derfe die Zwee üwwerhaupt nix abkriege, sächd se noch in ihrm Zorn.

Abraham steckt in rer Zwickmühl un holt sich Hilf im Gebet mit em Herrgott. Als der em zusagt, dass dem Ismael sei Nachkomme aa zu em große Volk were, dud er in den verquere Wunsch vun de Sarah brummelisch oiwillische.

AUFFLIEGENDER REIHER | SCHLOSSGARTEN SCHWETZINGEN

En ganz große Schreck erlebt die Sarah dann noch e paar Johr später, als se z'höre kriegt, dass de Abraham beinah ihrn Sohn Isaak Gott gopfert hod. Dass des e groß Prüfung for de Abraham war, hod se nur schwer verstehe kenne.

Die Hochdzisch vum Isaak mit de Rebekka aus de alte Heimet hod se nimmer erlewe derfe.

Sara soll 127 Johr alt gwest sei, als se in Hebron gstorbe is. Abraham hod heftisch um se getrauert, sie beklagt un beweint. E vornehm Erbbegräbnis hod er for sich un sei Familie gekaaft. Do in de Höhle Machpela bei Hebron is die glückselisch Mudder un stolze Förschdin Sara bestattet wore.

III

Jakob – vum Erzgauner zum Erzvadder

Esau un Jakob

„Gott bschützt", so kann mer den biwwlische Nome Jakob ins Deitsche üwwersetze. Doch bei unserm Jakob war des mit dem gute Nome „Gott bschützt" e Problem. Er hod's nämlisch em Herrgott saumäßig schwer gmacht, ihn zu bschütze. Er hod en gnervt mit seine Bosse, krumme Dinger, Narreteie un Ferz mit Grigge, mit all dene er sein Vadder Isaak un sein Bruder Esau bschisse hod. Jo, en Gauner war er in seine junge Johr, en Erzgauner! Es hod gut zwonzisch Johr gedauert, bis aus dem Erzgauner de ehrwürdisch Erzvadder Jakob gwore is, der den neue Nome Israel gkriegt hod un als Babbe vun zwölf Buwe zum Ahnherr vun de zwölf Stämme Israels uffgstiege is.

Doch alles de Reih noch.

De Vadder Isaak hod sisch des gnau ausgedenkt. Er war in seim Alter dadderisch un blin gwore. Drum will er jetzerd sei Erwe so regle, wie's immer scho war. Alles was er hod un wofier er e Lewe long gschafft hod, soll an d'nächschd Generation gehe. Aa all sei Erfahrunge un sei Lewenskraft will er weitergewwe, wenn er sein Älteste segne dud. Es soll de Erschdgeborene, de hoorig Esau, sei un ned de Jakob, de anner un jünger Zwilling, der wu alleweil so schee dud. De Esau soll uff d'Jagd gehe un was schieße. Des sauwer zrecht gmachte Wild will er in Ruh esse un

25

gnieße. Donn will er die ganz Sach hinner sisch bringe un sein Älteste segne.

Doch sei Fraa Rebekka dud helinge horche, wie de Vadder un sein Lieblingssohn Esau des ausmache. Uffmugge dud se, un wie! Sie will des üwwerhaupt ned so dulde. Die Zeite hawwe sisch doch geännert! Den Esau als Jäger konnschd doch vergesse, der is doch so was vun geschdern. Em Jakob als Bauer un Hirt ghört doch d'Zukunft. Er muss de Erwe sei! So denkt se in ihrm Eifer un üwwerzeugt ihrn Lieblingssohn Jakob vun dem Plan, den se hordisch ausgheckt hod. Dursch den wird de Jakob schließlisch zum Erbschleicher, Liegebeudel un Gauner.

Rotzfresch zieht er zsamme mit seiner Mamme alles dursch. Hordisch dud er e Geisböckle aus seiner Herd schlachte un d'Rebekka dud's so brote, wie's de alde Isaak gern mag. Jakob schlupft in d'Klamotte vun seim Bruder Esau un macht sei glatte Ärm hoorig dursch e drüwwer glegtes Fell. Mit dem Esse geht er noi ins Zelt vum Vadder un dud den schwache Monn oliege noch Strich un Fade. Als falscher Esau geht er glatt dursch, des falsch Wild schmeckt dem Alte un so kriegt er donn de väterlische Sege un des ganze Erwe.

Hordisch schleischt sich de Jakob aus em Zelt vum Isaak; denn er dud ahne, dass es bal brenzlisch werd. Denn de rischdisch Esau kummd mit seim Wildbred. Isaak is entsetzt, als er mitkriegd, dass er em Falsche sein Sege gewwe hod. Un em Esau werd's klor, dass er de Gelaggmeierde is. Er schreit un tobt, heißd sein Bruder en elendische Betrüger. Donn dud er bitte un bettle um noch en Sege vum Vadder. Der lässt sich erweiche un gibd em en Sege, awwer zwetter Klass: „Dei Lewe werd hard sei, awwer du sollschd lewe", bringd de alde Monn schwach üwwer sei Lippe.

Zerschd e Mol muss de Erzgauner Jakob blitzschnell abhaue. Denn de hoorig Esau droht in seiner Sauwut: „Ich schlag en dod, den Halunk, wenn de Babbe gstorbe is!" Rebekka hörd's un gibd ihrm Jüngschde de Rot zur Flucht: „Alla Jaköble, schnell, mach, dassd' zu meim Bruder Laban nach Haran kummschd; ich geb der Bscheid, wenn die Sach vum Esau vergesse is un du wieder hoim kumme konnschd." Awwer de Jakob werd sei Mamme nie wieder sehe.

De erwischde Gauner is uff de Flucht. Es is en weite un schwierische Weg bis nach Haran zum Ungel Laban, den er jo gar ned kenne dud. Doch er werd den Fluchtweg nie mehr vergesse. Denn was er dodebei erlebd, schreibd er sisch for immer hinner sei Ohre. Er entdeckd nämlisch en heilische Ort un er hörd vun Gott e guts Wort: e Verschbreche kriegt er. Mit allem hod er grecheld, awwer mit so ebbes ned. So konn de Herrgott aa sei, des muss er lerne. So ubegreiflich un doch so wunnerbar tröstlich un menschlich, so fern un doch so nah. Es hod so ogfange.

Vum Wegrenne war er müd gworre. Es is schun dunkel, als er sisch im Freie zum Schlofe legd. En Stoi nimmd er sisch als Kopfedkisse. Es träumd em, dass de Himmel sisch öffned. Er siehd uff rer Leiter d'Engele ruff un nunner steige. Dann dud sisch Gott ihm zeige un sächd em was. Awwer ned, was er eigendlisch häd erwarde müsse. Nee! Er dud en ned schenne, was er for'n Gauner, Erbschleicher un Liegebeudel is. Aba! „Ich bin mit der un ich will disch bhüte, wo immer du nogehschd." Des sächd Gott zu em; e Gnadewort un koi Ausschenne. Es is em

Jakob en Satz, der wu en ermutische dud un em Hoffnung gibd, aa wenn er dodemit zerschd e Mol ned viel ofange kann. Un dann gibd em Gott noch e Uffgab: Du sollschd zum Sege were for alle Völker. Awwer seller Zusatz sagd em jetzerd aa nix. Denn er hod noch sei Bosse im Kopp un denkd als Egoist bloß an sisch. Am nächste Morje merkd er sich den Ort, wu er des alles erlebd hod. Denn er schpürd, dass des do zu em heilische Ort gworre is. Drum dud er ihn Bethel, Haus Gottes, heiße.

Gstärkt setzt Jakob sei Flucht ford. Endlich is er am Ziel: Haran. Die erschd Person, die wu er vun seiner Verwandtschaft z'sehe kriegd, is die schee Rahel, d'jüngschd Tochter vum Ungel Laban. Un wie's Lewe hald so spielt, fährt de Jabob uff die Rahel voll ab. Alla gut, er bussiert se. E zart Liewesgschicht fängd zwische dene zwee o.

Awwer als de Jakob sei Henggerle Rahel heiere will, werd ihr Liewe hefdisch gebeidelt. Sie werd faschd zerrisse: Zum eene dursch d'Tradition, zum annere dursch s'Profitdenke vum Laban. Denn Töchter ware frieher for die Vädder so e Art Kapitalanlag; wenn se unner d'Haub kumme, donn derfe die Bräutigam ganz schee bleche.

De Jakob is awwer als en arme Schlugger nach Haran kumme. Eigendlisch hod er jo was, er is en reiche Erwe. Doch des sin for ihn faule Papiere, däd mer heit sage. Sei Vergangeheit als Gauner, Liegebeidel un Erbschleicher hold en wieder oi. Doch er bsinnt sich, dass er jo zwee Händ hod zum Schaffe. „Ich will siewe Johr for umme bei dir diene, damit ich donn d'Rahel heiere konn", sächd er zum Laban. „Alla gut, des is gebongt," is dem sei Antwort.

Die siewe Johr gehe rum wie im Flug. Donn is es so weit. Die Hochdzisch werd acht Tag long groß gfeiert. D'Braut is erschd e mol vun owwe bis unne verschleiert. Doch als de Jakob am nächschde Morje im Zelt gnau nogugge dud, erlebt er sei bloo Wunner. Die Fraa, mit der er verheiert wore is, is ned sei schee Rahel; nee, es is d'blass Lea, die älter Schwester, des Mauerblümsche. De Brautvadder hod en fies ausgetrickst un hod em unnerm Schleier die falsch Braut unnergjubelt. Die zwee Mädle sin do gar ned gfroogt wore.

De Betrüger Jakob is jetzerd selwer bschisse wore. Er stellt sein Ungel un Schwiegervadder zur Red. Doch de Laban hält gschiggd degege: „A, geh mer ford mit deim dumm Gebabbel! Bei uns is es so Sitte, dass zerschd d'ältschd Tochter verheiert wird. Des weeß mer doch."

Des hod de Jakob vun seine Bosse. Er selwer hod als de jünger Bruder sich des Erbe vum ältere Bruder Esau erschliche un muss jetzerd erlewe, dass em die älter Schwester Lea vor d'Nas gesetzt werd statt de gliebt Rahel. Er kriegt so z'spüre, wie Liege un Gaunereie Mensche in ihre diefschde Gfühle verletze kenne.

De Laban bleibt awwer weiter de cool Gschäftsmann. „Ich muss aa d'Rahel noch unner d'Haub bringe. Wer nimmt mer die jetzerd noch, wu se doch e bissele ogeknabbert is?" So froogt er sisch un weeß scho d'Antwort: „Ha, de Jakob. Alla gut, fei're mer noch mol e Woch, es gibt e Doppelhochdzisch. Du, Jakob, kriegschd die Rahel glei druff. Awwer schaffe musschd donn noch e Mol siewe Johr, nadürlich aa wieder for umme."

Koin scheene Start for e glücklisch Familienlewe. De Jakob hod neue Zoores mit em Laban un die ald Gschicht mit em Esau plogt en aa immer noch.

Die alte Ordnunge sin kabudd gange un die neie brauche ihr Zeit, bis se greife. De Erzgauner Jakob muss des leidvoll erfahre, bis er als Erzvadder Jakob zum Sege were konn in em geordnete Lewe. Wird er sisch noch an den heilische Ort erinnere un an des Verschbreche vun Gott: Ich bin mit der!? Wird em wieder oifalle, dass mer in de Not zu Gott flehe derf un ihm vertraue konn?

Gott hod viele ugeahnte Möglischkeide. Er konn uns neie un annere Wege gehe losse. Er zeigt mer, dass ich als Egoischd verlore bin. Mer konn ned bloss hole un wegnemme vun de annere. Ich muss aa gewwe un bin in de Pflischt zu teile. Ich brauch e Gmeinschaft, in der ich mit meine Fähischkeide Verantwortung üwwernemm un die mer andrerseits Geborgeheit gibt.

Werd sich de Jakob noch an selle Uffgab erinnere, die er an dem heilische Ort aa kriegt hod: Du sollschd en Sege sei for annere!?

Es spitzt sich zu mit em Jakob un seiner groß gworene Familie. Er will un muss weg vum Laban. Er will un muss wieder hoim. Er will Ruh un Friede hawwe mit em Esau noch all dem Schlamassl. Awwer wie? Er will em Esau entgegekumme. Verzweifelt dud er bete un Gott erinnere an sei Verheißunge: Ich bin mit der. Ich will disch wieder hoim bringe.

Jakob is jetzerd an dem Flüssle Jabbok, des östlisch zum Jordan fließt. Vun do aus will er wieder hoim in des Land, wu er geerbt hod. Sei groß Familie un sei ganz Bagaasch hod er scho üwwer die Baach gebrocht. Er selwer is noch hüwwe. Er is noch ned mit sisch im Reine. Er kämpft mit sisch un all seine Bosse. Was hod Macht üwwer misch? Wer is mit'mer? Was is mein Weg, was mei Uffgab? Er is älloi mit sisch un seine Gedanke. Er is entschlosse un hod doch wieder Schiss.

Un donn passierd's. Er werd vun em Mann üwwerfalle. Er muss kämpfe un feschd nolange. Magisch un geischderhaft is es. Is der Kerl en Flussdämon oder ringt er gar mit Gott? Koiner konn im Kampf en Vordel rausholle. Do setzt de Ubekannte plötzlisch en heftische Schlag in die Hüft vom Jakob. Glei druff will der uffhöre, weil d'Morgeröt obreche dud. De Jakob bringd grad noch raus: „Ich loss ned ab vun der, du musschd mich noch segne." „Jo, wie heisschd du denn?", froogt de annere. „Jakob", bringd er mit letzschder Kraft raus un offebart dodemit sei ganz Lewe als Erbschleicher un Liegebeudel.

Jakob: g'segnet un verflucht, Ängschdhas un Kraftprotz, Flüchtling un Habenichts, selwer Bschissener un doch aa Erfolgsmensch, Zweifler un doch oiner, dem Vertraue entgegegebrocht werd. Sei bisherigs Lewe, des durch sei groß Liege e verpfuscht Lewe is, sieht er wie en Film in Sekundebruchteil vor sisch ablaafe: Jakob, de Erzgauner. Er is es leid, er bereud's vun Herze.

„Du sollschd nimmer Jakob heiße, sondern Israel, denn du hoschd mit Gott un mit Mensche gekämpft un hoschd gwunne", sächd de Ubekannte. „Un wie heißeschd du?", froogt de Jakob. „Warum froogschd denn?", kummt's zrück. De Jakob kriegt koi Antwort, awwer was ganz anneres: en Sege. Er schbürd jetzerd die reische Kraft vun dem Sege.

31

De dunkle Kampf is vorbei. D'Sunn geht uff. Jakob geht als Israel sein Weg annerschd weiter. Er dud hinke seit sellem myschderiöse Kampf. Er hod erfahre, dass Gott wahrlisch mit em war un mit em bleibt. Mit seller Erfahrung geht er seim Bruder Esau entgege un dud sich mit em aussöhne. De Egoischd Jakob konn jetzerd vun seine Bosse losse un for annere mitdenke. Er is jetzerd de Erzvadder.

Sege un Friede legt sisch uff en: Ich bin mit der.

AUFGEHENDE SONNE | ALTRHEINARM KETSCH

IV

D'Rut will unner d'Haub

Rut un Boas

Die Rut war d'Urgroßmudder vum Keenisch David un die Ur-
ahnin vum Heiland Jesus, die all zwee in Bethlehem gebore sin.

Wie des alles so kumme is, is scho e arg verzwiggte Gschicht.

Als gebürtische Moabiterin hod se nämlisch ned zu de Kinner
Israels gezählt. Doch in junge Jahre hod se en Borschd aus
Bethlehem gheiert, der mit seine Eltern Elimelech un Noomi als
Werdschaftsflüchtling vun Juda nach Moabit gkumme war. Es
war nur e korzes Glück. Erst stirbt de Schwiegervadder, dann
ihrn Mann un aa dem sein Bruder. Kinner hod se leider koi
ghabt. Ihr Schwiegermudder dud noch ner Weil vorschlage: Mir
gehe zrück nach Bethlehem. Do gibt's jetzerd wieder gnug z'esse.
Ob's awwer for dich, mei liewe Rut, do in meiner Heimet e guts
un glücklisch Lewe gewwe konn – oh, ich weeß ned.

Doch d'Rut hod de Mumm, ihr Lewe neu zu beginne. Drum
sächd se zu de Noomi: „Wo du no gehschd, do will aa ich no
gehe. Zu deim Volk un deim Herrgott will ich jetzerd aa ghöre."
E klors Wort, des die zwee Fraue anenanner schweißt.

So laafe se zrück nach Bethlehem. Kaum ware se im Städtle drin,
fange dort d'Weibsleit mit em Rädse o. „Gugg e Mol do, des is

doch d'Noomi! Kummt die wieder hoim? Oh, wie sieht denn die aus! Un wen hod se do bei sich?"

Es war Spätsommer un die Gärschdeärnd hod grad ogfange. For die zwee Wittfraue sieht's awwer schlecht aus un sie frooge sich, wie se dursch de Winter kumme. Doch sie sin feschd entschlosse, dass se sich ned unnerkriege losse.

Do bsinnt sich d'Noomi, dass es vun ihrm Mann Elimelech noch paar Äcker in Bethlehem gibt, die ihrer Familie zustehe. Noch em alte Reschd sod jetzerd oiner vun de ledische Männer in de Verwandtschaft sie oder d'Rut eilöse, d.h. heire; de Boas zum Beischpiel wär so oiner vun dene.

Aa die Rut wird aktiv. Als arme Fraa derf se uff de abgmähte Felder die liege gebliewene Ähre ufflese un for sich bhalte. Des macht se un geht uff de nächst Acker. Fleißisch, bscheide un doch selbstbewußt dud se alles uffhewe, was noch rumliegt. Es war awwer wie zufällisch en Acker von sellem Boas.

Am Nochmittag kommt de Boas selwer vorbei. „Hej, wer is des Mädle do?", frägt er sein Vorarbeiter. „Des is die Maobiterin vun de Noomi." Boas sächgt zur Rut: „Meinetwege konnschd du bleiwe." Rut freut's, dass se von dem Herr so gut bhandlet werd. „Womit hab ich so viel Gnad verdient?" „Du bischd so gut zu Deiner Schwiegermudder un lebschd jetzerd als Fremme in unserm Land. Du bischd zu dem Gott Israels kumme; drum sollschd aa unner seine Flügel Zuflucht hawwe." Rut werd noch eiglade, mit alle annere zsamme uff em Feld z'veschpere. Boas sorgt donn helinge defier, dass die Moabiterin mehr Ähre als sunschd üblich ufflese konn. Am Owed staunt ihr Schwiegermudder ned schlecht, als d'Rut so viel Gärschde hoim bringt.

„Uff wellem Acker hoschd' denn gschafft?" „Uff dem vum Boas." „Oh, grad vun dem? G'segnet sei er vom Herrgott, der sei Barmherzischkeit uns zeige dud! De Boas, des soddschd wisse, geht in unser Verwandtschaft. Er is eener vun unsre Löser." E zarts Lächle huschd üwwer ihr verhärmt Gsicht.

ABGEERNTETES GETREIDEFELD

Sie üwwerlegt korz un sächd dann zur Rut: „Mei Tochter, ich meen, du sollschd bei sellem Monn Ruh un dei Glück finne. Ich weeß, dass de Boas heit gege Owed uff de Tenn vor de Stadt sei Gärschd worfle will. Bass uff, du dich hordsich bade un zieh e schee Kleid o. Jo, mach dich schigg wie e Braut un geh donn naus uff de Dreschplatz. Halt dich dort in Hinnergrund uff, bis all Mannsleit gesse un getrunke hawwe. Merk der gnau, wu de Boas schlofe dud. Wenn Ruh is, schleisch dich zu em no un leg dich unne an sei Fieß. Des annere werd sich donn ergewwe."

36

Rut staunt üwwer den offeherzische Rot, den se awwer gern onemme dud. Doch e bissele bang is rer scho debei. Sie däd jo welle, wenn seller aa welle däd.

Drausse uff em Dreschpaltz siehd se en fröhlische Boas, der hinner seim Kornhaufe bal oigschlofe is. Er merkt ned, wie d'Rut helinge sei Fieß uffdegge un sich zu em lege dud.

Noch Mitternacht dreht er sich um, grunzt e bissele un sieht unne bei seine Fieß e Fraa liege. „Hej, wer bischd denn du do?" Uff so e Froog war d'Rut vorbreitet un stellt ganz forsch dem Boas en Heiratsotrag. „Ich bin die Rut, dei Magd. Nimm mich unner dein Schutz un breit dein Mantel üwwer mich; denn du bischd for de Erbteil vun unsrer Familie de Löser." Wie war se erleichtert, als des raus war.

Do glodzd de Boas erschd e Mol un muss ganz dief Luft holle. Doch dann gugge sich die zwee mit große Aage o un schpüre, dass mit ihne was Großes bassiert. Rechte un Pflichte, Äcker un Sach spiele koi Roll mehr. E zarte un starke Liewe hod se gepaggd, un wie!

De Boas konn's dann in Worte fasse: „Gott segne disch! Du hoschd dei Liewe jetzerd noch besser gezeigt. Mach der koi Sorge, alles werd gut. Jo, ich will dich löse un heire. Ich hab dich lieb. Awwer do is noch ener, der wu noch nächer mit eich verwandt is. Den muss ich frooge. Bleib üwwer d'Nacht noch bei mer, unne an de Fieß; ha, e bissele nächer konnschd scho ruggle. Morje in de Stadt schwätz ich mit dem annere, ob er dich will oder ned."

Ganz gspannt wartet d'Noomi in ihrm Haus uff d'Rut. Endlisch am frühe Morje is se zrück. „Wie war's denn, mei Tochter? Alles gut gloffe? Kumm, verzähl mer's hordisch." Mit rote Bäckle fängt Rut zu verzähle o. Die Noomi hod's awwer de junge Frau scho längschd ogsehe, dass zwische dene zwee was gloffe is. „Ward noch e bissele, mei Gute, bis du's gnau erfährschd, wie's weitergeht. De Boas machd des scho."

Nach longer Zeit erfüllt die älter Fraa wieder e groß Freud un Hoffnung. Sie hod an ihrm Glaawe feschd ghalte: Es bringt was, em Herrgott z'vertraue, aa wenn's Mol ned so gut laafe dud im Lewe.

Boas hoggd inzwische im Stadttor vun Bethlehem und dud sellen annere Verwandte abbasse. Noch zäh Männer setze sich uff sei Bitt dezu. „Ich will mit eich was verhandle", fängt er o. „Die Noomi, die Wittfraa vum Elimelech, will dem sei alt Erbteil verkaafe. Ich däd die Äcker nemme un löse un aa sei verwitwet Schwiegertochter heire. Awwer nur, wenn Du nix degege hoschd." Er guggt sein Vetter froogend o. „Nee, ich will des üwwerhaupt ned!", wehrt der ab. „Alla gut, dann bin ich de rechtmäßisch Löser. Ich kaaf jetzterd die ganz Sach vun de Noomi un heier die Rut. Ihr Männer habt des alles ghört un seid mei Zeuge." Glücklisch un zfriede lehnt sich de Boas zrück.

D'Rut dud vor lauter Freud heile un dann wieder lache, als se's höre dud.

Bal druff werd groß Hochdzisch gfeiert. Des Glück vun de Rut un em Boas is vollkommen, als ihr Sohn Obed uff d'Welt kummt.

Die Noomi werd e glücklisch Großmudder, die des Bobbele uff ihrm Schoß so was vun herze dud. Es is wohr gworre, was d'Rut ihr versproche hod: „Dein Volk is mein Volk, un dein Gott ist mein Gott."

V

Hanna singt wie e Engele

Hanna un Samuel

Wie e Engele steht d'Hanna do im Heilischtum vun Silo un fängt ganz in sich versunke z'singe o: „Mei Herz is fröhlisch im Herrn." Sie strahlt was B'sunneres un Lieblisches aus. Ihr Nome bedeutet jo Anmut un die Begnadete. Sie will mit ihr'm Lied ausdrücke, dass des alles scho stimme dud: Gott hod ihr sei Gnad un Barmherzischkeit gezeigt.

Drum macht se ihrm Herze Luft. Üwwer mansches Johr war se arg bedrüggt un s'war rer immer wieder elend z'mut. Ihr Lied soll jetzerd en Psalm sei, der s'wahre Lewe mit allem drum un dro schildere, un en Lobgsang, der Gottes Macht un Hilfe zum Gute preise dud. Beides hod d'Hanna gnug erfahre.

Des Dorf Rama im jüdische Gebirgsland Ephraim is ihr Heimetort. Sie lebt in de Großfamilie vun ihrm Mann Elkana. Dem sei anner Fraa heißt Peninna, e Mutter von Söhn un Töchter. Hanna selwer hod koi Kinner un konn aa koi kriege, sagt mer. De Elkana hod se awwer trotzdem lieb.

Doch ä Mol im Johr kriegt's Hanna ganz arg z'spüre, dass se als Kinnerlose koi rischdische Fraa is. Es is, wenn de Elkana mit seine Leit wie alle Familie vum Dorf sich zur Wallfahrt nach Silo uffgmacht. Dort im Heilischtum, wo in de Stiftshütte die Tafle mit de zäh Gebote stehe, due se Gott de Herr obete, ihn lowe, ihm klage, ihn preise un ihm danke. E Lamm werd gschlachtet un gopfert. Gute Filetstückle were uff de Opferaltar glegt un verbrannt. Die reschdlische Fleischstückle were unner alle Leit vun de Familie verteilt. Sie drinke un danze wie de Lumpe am Stegge. Es geht zu wie bei uns uff de Kerwe.

Hanna konn do ned mitmache. Schun seit Johre fühlt se sich ausgegrenzt un gmobbt. Beim Opferfeschd were ihr d'ledzschde Brogge zugschobe; awwer die kriegt se ned runner. Sie mag gar nix esse. „Du hoschd jo koi Kinner", stichelt die Kindsmudder spitz un fresch. De Elkana sieht un hört des zwar un dud d'Hanna drum aa tröschde; doch d'Peninna weist er nie zrecht.

Johr für Johr geht des gonze Theater so, bis d'Hanna uff ä Mol still uffsteht vun de Familiefeier un weggeht.

Ganz in de Näh vum Heilischtum stelld se sich no un fängd o, Rotz un Wasser z'heile. Unner Träne legd se e Glübde ab: „Herr Zebaoth, siehschd du mei Elend? Wenn du misch ned vergesse hoschd, schenk doch bitte-bitte deiner Magd en Sohn! Der soll dann sei Lewe long dir diene."

Des alles kummd aus em diefschde Herze un sie bewegd debei hefdisch un lautlos ihr Lippe. De Priester Eli, der Tag für Tag an der heilische Stätte hogge dud, guggt sich des alles gspannd o un denkd sich: „Oh, was is denn des do? Die schwätzd un ich hör nix. Die Fraa hod gwaldisch Babbelwasser getrunke!" Er will se glei zrechtweise. Doch d'Hanna hod de Mut, sisch z'wehre: „Aba, nee doch, moin Herr, ich bin ned so oine, wie Du meenschd! Ich hab ned z'viel gtrunke. Ich hab moin ganze Kummer vor em Herrgott ausgschütt un hab dann paar Wünsch un Bitte vor en gebrocht; un des hod halt gedauert, weil moi Herz mit allem so gfülld war."

Eli war's zfriede un dud se segne: „Geh im Friede, der Herrgott werd dei Bitte erfülle".

Getröstet un fröhlisch geht se zu ihre Leit zrück, guggt munter in d'Runde un butzt de Rest vum Esse weg. Die annere kenne bloß noch staune. Am nächste Tag gehe se noch em Morjegebet wieder nach Rama zrück.

Dehoim hod for d'Hanna s'Lewe nei ogfange. Selbstbewusst un zuversichtlich gnießd se jede neie Tag. Ihr Mann Elkana hod des aa gspürt un kümmert sich voller Liewe um se. Ihr uverhofft Schwangerschaft macht beide sehr glücklisch. Sie bringd en Bu uff d'Welt un suchd sich alloi en Nome for ihr Kind aus: „Samuel soll er heiße. Ich hab en mir vum Herrn erbete!" Sie war jetzerd e vun allene geachtet Fraa un Mudder.

Bal war's wieder so weit, dass sich d'Familie vum Elkana zum Opferfest nach Silo uffmacht. Hanna will mit dem kloine Samuel noch dehoim bleiwe. „Mein Bu is noch z'jung", sächd se, „ich still jo noch. Awwer wenn die Zeit rum is, geh ich wieder mit nach Silo un de Samuel bleibt donn for immer dort." „Du werschd's scho recht mache", moint de Elkana.

Als de Samuel so vier-fünf Johr alt war, macht d'Hanna zsamme mit ihrm Bu die zweitägig Pilgerreis nach Silo wieder mit. En dreijährige Stier, en Scheffel Mehl un en Krug Woi hawwe se als Opfergab mitgnomme.

ENGEL IM MONDLICHT | FENSTERBILD

Als se ihr Opferhandlunge un ihr Gebete verrichtet hawwe, nimmd d'Hanna den kloine Samuel an ihr Hand un geht zum Priester Eli. „Moin Herr, so wahr du lewe dust", fängd se o, „kennschd Du mich noch? In bin selle Fraa, die vor der gstanne is un unner Träne zu Gott gebetet hod. Du awwer hoschd gmeent, dass ich z'viel getrunke häd. Doch ich hab um e Kind gebete. De Herrgott hod mer den kleene Bu do gschenkt. Jetzerd will ich mei Glübde erfülle un moin Samuel bei dir in deiner Obhut losse, damit er sei Lewe long dem Herrn diene konn."

Eli hod des große persönliche Opfer vun de Hanna ognumme und den Bu Samuel mit aller Sorgfalt bei sich erzoge, ihn gepflegt un aa lieb gwonne. An sellem Tag hawwe se noch zsamme im Heilischtum im Gebet Gott globt un gepriese.

Hanna bleibt awwer noch länger stehe. Sie nimmt ned nur Abschied von ihrm Samuel, so will Gott aa ihr eiges Loblied singe. Sie bsinnt un erinnert sich an manche ihr vertraute Psalmverse un Gebetsbitte. Viel scheene wie bittere Erlebnisse, die sie un viele annere im Lewe durchgstanne hawwe, stehe vor ihre Aage. Aus all dem bastelt se e Lied. So stimmt se vor Gott ihrn bsunnere Lobgsang o.

Sie rühmt die Herrlischkeit vum heilische Gott, der wie en Fels is. Die Macht vun de Starke dud er zerbreche un die Schwache wieder stark mache. Die Hungrische machd er satt und die Kinnerlose kriege Kinner. De Herr kann alles umkehre, erniedrische un erhöhe. Un zledzschd werd er Richter üwwer alles un jedes sei.

Später hod mer ihr Lied uffgschriewe un viele Gläubische hawwe's nochgsunge un gebetet. Aa die mit em Jesus schwangere Maria hod später in ihrm Lobgsang e paar Versle dodevo gnomme.

Wieder dehoim in Rama hod die Hanna ihr normal Lewe zfriede weiter gführt. Ihr Glück als Mudder is noch größer gworre, als se noch drei Buwe un zwee Mädle gebore hod. Un jedes Johr freut se sisch uff die Wallfahrt. In Silo bsucht se ihrn Samuel un bringt em als Gschenk jedes Mol en neie Kittel mit. Voll Stolz dud se beobachte, wie der Kerl größer un erwachse werd un all die Uffgabe, die ihm de Priester Eli üwwertrage dud, treu un gwissehaft erfüllt.

Später werd Samuel de Nachfolger vum Eli un übernimmt dem sei Pflichte als Priester, Profet un Richter in Israel. Die erschde Keenisch im Land, de Saul un de David, dud er salbe. Un in der Biwwel stehe zwee Bücher, die sein Nome trage. Doch des hod d'Hannah nimmer erlebt.

Bis zu ihrm Lewensend bleibt d'Hanna e Begnadete. In Anmut un mit Engelsgeduld hod se alles, was in ihrm Lewe kumme is, getrage. Un sie hod wie e Engele immer wieder ihr Stimm erhowe, um de Herrgott zu lowe un preise, ihr Leid z'klage un vor allem ihm vun Herze z'danke.

VI

Awwel dud's: Volltreffer!

David un Goliat

Des Dovidel is de Jüngschd vun dene acht Buwe un e paar Meedle, die em Bauer Isai in Bethlehem ghöre. Schun als Bobbele is er vun seiner Mamme e bissele verwehnt wore. Sie hod mit em ihm viel gsunge un gebet, alte un neue Gschichte vun Gott un de Welt verzehlt. Vertraue is do gwachse.

Er muss e hübsch Büble gwest sei mit seiner bräunlische Haut un dene scheene Aage. Mit seim Harfespiel un seiner schöne Stimm konnt er schnell die Herze vun alle Leit gwinne.

Doch de David war ned nur en zart bsaitete Musikus un e herzisch Träumerle. Er war aa Realischd. Schun früh hawwe'sen mit uffs Feld gschickt zum Schof hüte. Des war e harts Gschäft: D'Viecher zu frische Wasserstelle bringe, sie dursch diefe dunkle Täler fiehre zu frische grüne Weide, sie gege Raubtier schütze un verdeidische. Des war schun was! Do musschd dein ganze Mut zsamme nemme un du brauschd do e Werkzeug, mit dem du disch wehre konnschd. For de David war des sei Schleuder. Die ältere Hirt hawwe's ihm gezeigt, wie's geht. Er hod dann g'übt un g'übt un g'übt. Mancher Scherwe is dodebei in Bruch gange.

Die Hirteschleuder ware domols was anneres als die Schleudere, mit dene mir als Buwe gspielt hawwe. Also e Astgawwel schneide, e starks Gummi dro binne, en Stoi noi lege, feschd ziehge, ziele un ab demit. Nee, des ware longe ledderne Schlaufe: Des oine End ums Handglenk binne, des annere mit de Finger feschdhalte, in d'Schlauf en Stoi noi lege, üwwer de Kopf weg Schwung holle, s'Ziel ovisiere, donn loslosse un ab die Post. Awwel dud's: Volltreffer! Des will gekonnt, des muss gübt sei, do muss mer e ruhische Hand hawwe un Druck aushalte kenne. Awwer wemmer des kann, donn trifft mer aa uff lange Distanz die gfährlisch Raubtier.

De David hod des kenne. En guter Handwerker war er un en Künstler, en Träumer wie en Realist. En Mensch feschd im Glaawe, dem s'Gottvertraue in Fleisch un Blut üwwergange is.

Doch um sein Glaawe hot er ned viel Gedöns gemacht. In dene viele Kapitel in de Biwwel, in dene die Gschichte vum David uns verzehlt were, is eigentlisch ganz wenig vun Gott die Red. Bloß wenn's druff okomme dud, donn steht's do, wie de Herrgott drüwwer urteile dud un ob er helfe will oder zrechtweise muss.

Wer glaawe konn, der muss ned alleweil fromm schwätze. Un wer glaawe dud, der konn mit seim Gottvertraue aa Krise in seim Lewe, Leid un Krieg besser durschstehe. Dodevu verzählt unser Gschichd.

„So, ihr Buwe," sächd de Bauer Isai zu seine drei Älteste, „donn geht halt los un kämpft mol wieder gege d'Philister. Ich selwer bin jetzerd zu alt dezu." Sei gonzes Lewe lang kennd er schun den Dauerkonflikt mit dem benochberte Volk. Des Zsammelewe mit dene will halt ned richdisch klappe. Selle sin uns scho in viele Sache üwwerlege, des muss er sisch oigstehe. Doch die zwölf Stämm von Israel und Juda hawwe sisch immer wieder behaupte kenne – mit Gottes Hilfe, mit Gottvertraue un ohne en Keenisch. So war's bisher. Ob's so bleibt?

„Mir sin bald wieder do!", rufe die drei forsche Krieger ihrm Babbe noch zu. „Die Philister butze mir des Mol grad so weg. Die Zeite hawwe sisch geännerd. Mir hawwe jetzerd aa en Keenisch, de Saul. Der führt's Kommando."

Es war donn wie immer. Die Soldate rischde in em breite Tal ihr Lager oi, – die Israelite uff de eene, die Philister uff de annere Seit. De Kampf keennd losgehe – wie immer. Doch uff ä Mol kummd's gonz annerschd.

„Do, Mensch, do guggt, do bei dene Philister! Guggt eich den Kerl o, der älloi raus kummt aus dene ihr Lager, en Riesekerl. Der muss jo an die drei Meter groß sei! Un was for e Rüschdung der hod, die wiegt gut en Zentner. Was for en lange Spieß, der is mindestens zäh Pfund schwer. Is des e Kraftpaket. Leit, die Philister hawwe e nei Wunderwaff, oh je!" So schwätze un schreie se im Lager von de Israelite hi un her un dorchenanner. Sie gugge, sie staune, sie zittere un kriege d'Ängschd.

„Gebt e Ruh! Der Ries will was sage." Vunwäge sage, brielle dud der. „Männer, Soldate!", fängt der Kerl o, vun dem mer jetzerd aa weeß, wie er heiße dud: Goliat. „Männer, Soldate! Passd e Mol gnau uff. Ich hab en Vorschlag: Schiggd mer oin von euch riwwer, gegen den ich älloi kämpfe konn. De Sieger hod donn de ganze Krieg gwunne. A her, for was sodde denn mir Philister zsamme gege eich alle noch otrete? Ihr alle seid doch bloß Memme un Waschlappe! Alla, her zu mir mit dem oine Monn!"

Wie e Bomb hod des bei de Israelite oigschlage. „Hawwe mir so ebbern, der wu des mache keennd? Wu sin unsre tapfre Helde?"

47

Mer guggt sich gegeseitig o, guggt weg, guggt vorbei. All die Maulhelde sin uff ä Mol still, hawwe Ausrede, plötzlische Verletzunge. Oder sie gewwe gute Rodschläg, wie mer des eigendlisch mache keennd, sodd, miessd.

Alle fange s'Bibbere o un hawwe d'Hose gstriche voll. Sie alle schpüre: Jo, die Zeite hawwe sisch geännert. Es is nimmer so, wie's e Mol war. Awwer wie's weiter gehe sodd, des konn koiner gnau sage. Es kriselt ganz schee. Wie glähmt stehe se rum. Jetzerd is do e nei Herausforderung – un koiner nimmt se o, aa de Keenisch ned.

D'Philister awwer drehe in aller Ruh ihr Daume. Morjeds un oweds kummt der Goliat raus un lässd sei Sticheleie un Brieller los: „Her zu mir mit dem oine Monn!" Un des war's.

Ja, wu bleiwe se denn mei Helde?, denkt sisch de Altbauer Isai dehoim in Bethlehem, als sei drei Älteste jetzerd schun bal zwee Monat Soldate spiele. Er denkt noch un lässt sein David holle. Als er do is, sächd er zu em: „Du, Kloiner, ich hab do e paar Sache zsamme grichtet, Proviant for dei Brieder, die bei de Soldate sin. Geh hordisch no zuene un gib's ne. Un die zäh frische Käs, die sin for de Hauptmann, gell. Awwer kumm mer jo glei wieder hoim!"

RITTERRÜSTUNG | SPEYER

Un so passiert's, dass de David mit Hirtedasch un Schleuder, en Sack voll Proviant un zäh Extra-Käs ins Soldatelager kummt. Neigierisch guggt er sisch rum un heerd, was alles so gebabbelt werd. Oh, is do awwer e mies Stimmung!, denkt er sisch. Un scho kumme wieder selle Brieller von unne im Tal: „Ihr seid alle Memme un Waschlappe. Alla, her zu mir mit dem oine Monn!"

Do kriegt de jung David en Zorn: „Mensch Leit! Merkt ihr denn ned, was do dehinner schdeggt? Der Grischer do, der dud eich Männer verarsche! A was, viel schlimmer noch, der dud unsern lebendische Herrgott verhöhne. Der macht sisch üwwer uns luschdisch, weil mir unsern Glaawe vergesse hawwe, weil wir koi Gottvertraue mehr hawwe! Leit, habt er's denn vergesse, dass Gott uns in Krisezeite immer wieder gholfe hod? Uns neie Weg gwiese hod! He, alles vergesse?! Mir hawwe doch Werte un Gebote, die uns des Lewe meischdere losse!" Als er in seim Eifer wieder Luft gholt hod, de David, sächd er noch: „Also ich däd mer den Kampf mit dem Philister Goliat zutraue." Un als er weiter nochdenkt un sein heilische Zorn verrauscht is, menschelt's bei em un er dud noch frooge: „Stimmt's, dass de Keenisch sei Tochder versproche hod, dem wu ...?"

Schnell hawwe sisch d'Männer um de David rum versammelt un gewwe ihrn Senf dezu ab. Eliab, de älteste Bruder vum David, is aa debei. Der packt sisch ihrn Jüngschde un schreit en o: „Loss die Bosse, du hinnerhäldische Ogewwer!" Doch die Männer here des ned, sie bringe den Bu hordisch zum Keenisch Saul.

Inzwische is sich de David seiner Sach gonz sischer: Jo, ich will, ich muss gege den Ries, den Goliat kämpfe. Ich konn des. Ich muss jetzderd e Zeische setze. Des sächd er donn aa dem Saul. „A des geht doch ned, Dovidel, du bischd doch noch en Bu – un seller en gstannene Kriegsmonn!," wehrt de Keenisch ab. „Un ich," hält de David degege, „ich hab dehoim als Schofhirt scho Lööwe un Bäre bsiegt. Mit dem Grischer un Bastard do werd ich allemol noch ferdisch. Denn der Kerl, der hod doch unsern Gott verhöhnt, der hod sisch iwwer uns all luschdig gmacht, weil mir koi Gottvertraue mehr hawwe." De Keenisch staunt un sächd: „Dann mach's hald. Der Herr sei mit der!" Un noch ner Paus: „Halt, donn zieh doch wenigstens mei Rüschdung o!" Doch in der is de David versoffe, sie is em viel z'groß.

So geht er ohne Rüschdung los zum Kampf, grad als ob er zum Schof hüte gehe däd: Sei Hirtedäschel umghängt, en Schdegge in de Hand un sei Schleuder griffbereit. Un wie er dursch des flache Bachbett schreide dud, büggt er sisch ab un zu un hebt fünf glatte gaddische Stoiner uff un steggt se in sein Beidel nei.

De Goliat kummt in schwerer Rüschdung. Als er de David sieht, lässt er en Mordsbrieller los: „A her, bin ich denn en Hund, dass du mit em Stegge in de Hand zu mer kummschd? Hej, du halwe, du vertels Portion, Hackfleisch mach ich aus der!"

De David bleibt ruhisch un sächd mehr zu seine Leit hinner sisch als zu dem Goliat vor sisch: „Du do kummschd mit schwere Waffe in de Hand. Ich awwer kumm im Name Gottes, den du verhöhnt un verspottet hoschd. Ich hab Gottvertraue un des machd mer Mut, des befügelt mei Phantasie, des gibt mer Kraft, dodemit konn ich jede Druck aushalte. Gott hilft mer. Des will un muss ich jetzterd eich allene zeige!"

Donn longt er in sei Hirtedäschel, holt in aller Ruh oin von dene Stoiner raus, legt en in d'Schlauf von seiner Schleuder, holt Schwung un Schwung un noch Mol Schwung un sieht, wie de

Goliat sein Schwelles hewe dud. In dem Moment hod de Handwerker David sei Ziel, machd d'Schleuder uff un de Stoi zischt ab, fliegt wie en Strich, fliegt un verwidschd d'Stirn un d'Aage vum Goliat: Awwel duds, Volltreffer! Der Kerl fällt um wie en Sack un die Sach is entschiede.

Dass donn uff beide Seite s'Gschrei riesengroß is un e blutischs Haue un Stesche ofange dud, is leider des garsdische Lied vum Krieg, wu mer awwer ned mitsinge welle. Liewer stimme mer Lieder o vun de Liewe un de Versöhnung, Lieder vum wahre Friede und de Hoffnung un vum große Gottvertraue.

Soddische hod de Künstler David mit seine Psalme gedichtet.

VII

Du bischd bei mer

Psalm 23

WASSERTREPPE | WASSERTURM MANNHEIM

De Herr is mein Hirt.
Er gibd mer gnug. S'fehld mer an nix.
Die Au is grien, uff der ich ruhe un grase konn,
un s'Wasser is klor un frisch,
zu dem er misch bringd un vun dem ich drink.

Meiner Seel gibt er neie Krafd zum Leewe.
Hipfer kann ich wieder mache.
Er fiehrt misch de reschde Weg;
er will jo sein gute Nome ned verliere.

Aa wenn ich gonz unne bin,
im Duschdere dabb un Ängschd hab vor em Tod:
Ich loss misch doch ned verrüggd mache;
denn du bischd bei mer.
Du gibschd mer Troschd,
du machschd mer Mud,
du zeigschd mer s'Lichd!

Mei Feind, Herr, gugg: Die gehe gege misch.
Doch du stellschd dich vor misch.
Du lässchd misch ned verhungre,
du deckschd mer sauwer de Tisch –
all sellene zum Trotz.
Du gibschd mer d'Ehr – wie en Keenisch salbschd du misch.
Mein Bescher is voll, alla proschd!

Dei Gutes, Herr, un dei Barmherzischkeid – ich weeß,
die gehe mit mer jetzerd mei Leewe long.
Ich un mein Herrgott, mir bleiwe zsamme.
Mit allene, die glaawe, bin ich dehoim im Haus vun meim Herr.

VIII

Absalom verrennt sisch

Absalom un David

„Was for e Mannsbild!" So schwärme d'Leit im Reisch vun Keenisch David, wenn die Red is vum Prinz Absalom. Er is ned nur de scheenschde vum David seine seschzäh Buwe, er is üwwerhaupt de scheenschde Monn im gonze Land. Beim Reite sieht mer sei lange un zottelische Hoor offe im Wind flattere. Un mit seine klore Aage un seim fröhlische Lache gwinnt der Sonnyboy hordisch alle Herze. Er is awwer aa en Filou, der's fauschddick hinner de Ohre hod. Er hängt an em Traum, den er ubedingt verwirkliche meechd: Er will uff em Thron vun seim Vadder David hogge.

In seim Graddl schafft er sisch e Kutsch un Gäul o un dodezu noch fuffzisch Männer als Leibwach. Des macht was her, moint er. Dann fängt er o, sich Liebkind bei de Leit zu mache. Er setzt sisch ins Tor vun de Stadt un fängt all die Leit ab, die mit ihre Streitsache zum Keenisch welle. Er horchd se aus, was se uff em Herze hawwe un gibt donn jedem rechd. „Ob des awwer aa de Keenisch so sehe däd, weeß ich ned," sächd er donn. „Also bei mir als Keenisch wärschd du besser uffghowe." So schwadroniert er rum un freut sich, wenn die Leit sei Händ küsse. Vier Johr macht er so rum un sein Babbe hod des ned rischdisch gschpannd.

Dann holt de Absalom zum große Schlag aus. Er geht zum Keenisch noi un sächd: „Ich geh jetzerd mol ins Heilischtum nach Hebron, denn ich muss do e Glübde erfülle." Der is oiverstanne un gibt seim Liebling noch en Sege for die Reis mit. Awwer es ware ned nur fromme Gedanke, die de Absalom im Sinn hod. Er bringt zwar sei Opfer, awwer gleischzeitisch bläst er zum Umsturz gege de Keenisch. Alles war gut oigfeddelt. In alle Stämm vun Israel hod er sei Mitverschwörer sitze, die alle nur uff des oine Signal warde: Üwwerall blose mäschdisch die Posaune un es werd grufe: „Absalom is jetzerd in Hebron de Keenisch!" Der Plan geht uff un immer mehr Leit sammle sisch um de Absalom. Un er kann noch de Ahitofel, de beschde Rotgewwer vum David, for sisch gwinne.

Als de David vun dem Uffstand erfährt, is er glei zur Flucht entschlosse; denn er weeß, dass de Absalom mit seine viele Soldate stärker is. Mit seim ganze Hofstaat verlässt er die Stadt. Barfiessisch dud er laafe un heild vor Trauer. Nur noch een kloine Hoffnungsschimmer hod er; nämlisch dass der Herrgott die Rotschläg vun dem Ahitofel zur Torheit mache keend.

Triumphierend zieht de Absalom in Jerusalem oi un lässt sisch groß feire. Doch er hod noch koin eigene Plan. Er frägt drum de Ahitofel un dem sein Rot is, den David hordisch mit viel Soldate zu jage, solang er noch müd un verzagt is. Eigentlisch gut, denkt sisch de Absalom; awwer es is besser, noch e zwette Meinung z'höre. Un die war gonz annerschd: Erschd e Mol abwarte, sich groß sammle un donn kräfdisch zuschlage. Des is besser, moine alle. Doch des Kuddelmuddel im Lager vum Absalom werd noch größer, weil die Plän an de David verrote were. So kummts zum große Kampf zwische Vadder un Sohn.

De alde Haudege David legt for sei Truppe die Strategie fest. Doch uff dene ihrn Wunsch nimmt er ned selwer am Kampf teil, sondern bleibt in de Stadt. En ledzschde Wunsch un Befehl gibt er an seine Hauptleit: „Gebt mer jo acht uff den junge Absalom!"

Im Wald Ephraim werd de Kampf ausgfochte. Un em Absalom sei Leit hawwe donn so was uff de Deeds kriegt. Wer noch konn, dud abhaue. De Absalom schwingt sich uff en Maulesel un sucht im Galopp s'Weite.

ABSALOMS HAARSTRÄHNE I RHEININSEL KETSCH

Do sieht er e paar Soldate vum David, will dene ausweiche un nimmt e Abkörzung durch d'Bääm. Awwer dodebei due sisch unner e alte knorrische Eiche sei longe un zottelische Hoor in dere ihre Äst ganz arg verhoke. Der Maulesel rennt weiter un de Absalom zappelt wie en Fisch im Trockene an dem Boom.

En Soldat meldet des glei em Hauptmann Joab. Dem war's awwer gar ned rechd, dass seller Monn den Absalom ned glei erschlage hod. „De Keenisch David hod's doch verbodde!", sächd er. „A was, des schert mich ned! Ich mach's halt selwer." Joab nimmt drei Lanze un stößt die em Absalom mitte ins Herz. Donn lässt er die Posaune blose un die Verfolgung vun de Verlierer hört uff.

Wie bringt mer jetzerd all die Nochrischde dem Keenisch bei? Zwee Bote were los gschiggt. De erschde kommt o un verkündet die gut Nochrischd vum Sieg. Awwer de David will des gar ned höre, sondern dud glei froge: „Geht's dem junge Absalom gut?" Der Monn red sisch raus, dass er ned alles weeß. Donn kummt de zwett Bote, dem dieselb Froog gstellt werd: „Geht's dem junge Absalom gut?" Der traut sich's, die schlecht Botschaft vorsichtisch zu sage: „Dem junge Monn is es so ergange wie allene Feinde vun meim Herrn, dem Keenisch, gegen den sie sisch böswillisch uffglehnt hawwe."

Wie en Blitz trifft des de Keenisch David. In seiner Trauer un Verzweiflung dud er sei Haupt verhülle un laut brielle: „Mein Sohn Absalom! Mein Bu, mein Bu, mein Bu! Wollt Gott, dass ich for ihn gstorwe wär. Ach, mein Sohn Absalom!"

IX

Was macht de Daniel in de Lööwegrub?

Daniel in Babylon

Vor longer Zeit hod's in Mesopotamien, dem Zweistromland vun Euphrat un Tigris, des große babylonische Reisch gewwe. Die damalische Herrscher ware's gwohnt, dass se von dene Völker, die se bsiegt hawwe, einische Leit aus de Owwerschicht un aa gute Handwerker als Gfangene mitgnomme hawwe. So hod's aa de Keenisch Nebukadnezar gmacht, als er 586 v. Chr. des kloine Königreisch Juda erobert un die Stadt Jerusalem mitsamt ihrm Tempel zerstört hod.

For die Jude wor des e Katastroph. Was hawwe se ned gjommeret un geklagt üwwer de Verluschd vun ihrm Tempel! Doch sie hawwe awwer aa ogfange, üwwer ihrn Glaawe an de lebendische Gott nei nochzdenke un all ihre Erlebnisse un Erfahrunge mit Gott noch gnauer uffz'schreiwe.

Donn is mit dem Darius en neie Keenisch kumme. Der krempelt alles um un dud e Verwaltungsreform verordne: 120 Verwaltungsbezirk mit 120 Statthalter. E gwaltisch Poschdegschacher hod ogfange. Vor allem als es drum gange is, welle die drei Förschde sei solle, die üwwer dene viele Statthalter stehe. Mer hod die drei Männer gfunne; doch die bsunnere Ernennunge sin ned vun allene akzeptiert wore. Denn der oine war en totale Außeseiter, mit dem niemeds gerechel hod: Daniel. Er is eener

59

von denne Deportierte aus Juda un Jerusalem. De Keenisch Darius hod irgendwie en Narre an em gfresse. Er will en sogar zum älloinische Förschd mache.

Warum grad den Daniel? Alla gut, er is en schaffige junge Monn. So wie der in seiner Schreibstub hoggt un sei Ärwet macht: Reschpekt! Es fliegt em alles grad so zu. So eener fällt ewe uff. Un niemeds stört's groß, dass er drei Mol am Tag sei Schreibstub korz verlosse un in sei Wohnstub nuff gehe dud. Faschd koiner kriegt's mit, was er do macht. Sei Wohnstub werd nämlisch zu seim stille Kämmerle, in dem er uff d'Knie fällt un bete dud. So keennt er ogfange hawwe:

> Meine Seele ist stille zu Gott, der mir hilft.
> Denn er ist mein Fels, meine Hilfe, mein Schutz,
> dass ich gewiss nicht fallen werde.

Um donn s'Lob des Schöpfers z'singe:

> Herr, wie sind deine Werke so viel!
> Du hast sie alle weise geordnet, und die Erde ist voll deiner Güter.

Un er klagt sei Nöt:

> Aus der Tiefe rufe ich, Herr, zu dir. Herr höre meine Stimme!

Zum Schluss noch en Dank:

> Danket dem Herrn; denn er ist freundlich,
> und seine Güte währet ewiglich.

So hod er's scho als Bu in de alde Heimet Jersusalem in seiner fromm Familie glernt. Die heilische Gebote were treu befolgt, aa in dem fremme un neue Land Babylonien, im dem se jetzderd lewe. Seim Glaawe is de Daniel treu gebliewe. Er vertraut dem Gott, der wu sei Vorfahre aus Ägypten rausgführt hod. Sei Vertraue is e feschde Sach.

De Daniel is en Mann mit Migrationshinnergrund, wie mer heitzutag sage dud. Beruflich hod er sich voll integriert: gute Ausbildung un en qualifizierte Job. Doch privat praktiziert er weiter sei alte Religion un dud an seim Glaawe feschdhalte. Manche imponiert's, wie des de Daniel so macht; awwer viele sin doch ghörisch irridiert un fange z'schdänkere o.

In seiner Schreibstub dud der Daniel verwalte un regiere. Un in seiner Wohnstub, dem stille Kämmerle unnerm Dach, dud er bete un is mit seim Herrgott verbunne.

Awwer was mache die annere in ihre Schreibstuwwe? Die viele Statthalter, die dem Daniel sein hoche Poste so arg neide? Sie wolle den fremme Außeseiter un Störefried los hawwe. Sie üwwerlege sich: Es werd sich schun was finne losse, üwwer des der stolpere muss. In ihre Schreibstuwwe kruuschdele un suche se noch Fehler oder Ausrutscher vum Daniel. Des controlling werd schärfer, hordisch noch e Kasseprüfung: nix, alles o.k. Dumm gloffe. S'mobbing werd schärfer: Ohne Wirkung, der Monn zeigt koi Nerve.

Doch donn lässt oiner vun dene fiese Intrigande en Mordsbrieller los: „Ich hab's, ich weeß jetzerd, wie mer den Saukerl packe kenne! Sei Religion, sein Glaawe! An dem hält er doch so treu feschd. Un des is sei Schwäch, die misse mer ausnütze." Begeischderd stecke se ihr Köpp zsamme un hecke en hoimtückische Plan aus. So schnell hawwe die ehrewerte Statthalter un altgediente Bürokrade noch nie ebbes zsammegebrocht.

Hordisch renne se vun ihre Schreibstuwwe in die gud Stubb vum Keenisch, de Thronsaal. Sie buggle un schmeichle Dero Majeschdäd un losse'n drei Mol hoch lewe. Donn unnerbreite se untertänigschd en Vorschlag, vun dem se sage, dass se den eigentlich schun längschd häde vorbringe misse, denn so arg däd er ihne am Herze liege. Also soll ihr Vorschlag jetzerd gonz schnell als Befehl un Gsetz im gonze Reisch ausgschellt were als Gsetz der Meder un der Perser, des ned wieder uffghobe were konn un bei dem's koi Ausnahme un koi Hinnerdürle gewwe dud. In dem strenge Gsetz soll stehe: Dreissisch Täg long derfe Bitte un Gesuche nur an de Keenisch selwer grischded were; wer sich dodemit an irgendoin Gott oder annere Mensche wende dud, der werd zur Strof in d'Lööwegrub neigschmisse. Baschda.

Ned schlecht, denkt sich de Keenisch, wenn mol allene gezeigt werd, wer de Boss is. Also nickt er huldvoll un lässt des Gsetz gnau so uffschreiwe, wie's die hohe Herre ihm vorgschlage hawwe. Eilbote bringe die Kunde unner d'Leit im gonze babylonische Reich.

Die Statthalter reiwe sich d'Händ un kehre zfriede zrück in ihre Schreibstuwwe. Sie kenne awwer ned in Ruh weiterschaffe. Denn sie kenne's faschd ned abworde, bis ihr Fall zuschnappe dud. Immer wieder spickle se nüwwer, was denn de Daniel in seiner Schreibstub mache dud.

Un was macht de Daniel, als er vun dem neie 30-Täg-Gsetz höre dud? Er nimmt's in aller Ruh zur Kenntnis, verlässt wie immer sei Schreibstub un geht wie immer in sei Wohnstub un still Kämmerle. Nadürlisch hod er spitz gkriegt, dass do was im Busch is un sei liewe Kollesche ihm an de Krage welle. Er will des jetzerd seim Herrgott sage, drüwwer klage un ihn merke losse, dass er unner Druck steht un schier am verzwazzle is.

Awwer sei Gebet fängt er wie immer mit em Lobpreis o:

> Lobe den Herrn, meine Seele,
> und was in mir ist, seinen heiligen Namen.
> Lobe den Herrn, meine Seele,
> und vergiss nicht, was er dir Gutes getan hat.

Donn erschd dud er klage un flehe un sei Herz bubbert dodebei:

> Warum toben meine Feinde?
> Stricke des Todes umfangen mich.

Er werd ruhischer un e tröschdlische Glassenheit ergreifd'n un er hört sisch selwer sage:

> Und ob ich schon wanderte im finstern Tal,
> fürchte ich kein Unglück;
> denn du bist bei mir,
> dein Stecken und Stab trösten mich.

Es is so in sei Psalmodiere verdieft, dass er ned höre dud, wie vor soiner Tür e Getrampel un Gebabbel losgeht. Un donn is es mit ä Mol aus mit de Ruh in soim still Kämmerle: „Mir hawwe'n verwidschd! Er hod's gmacht! Er hod gege des nei Gsetz verstoße!" So schreie un triumphiere sei böse liewe Kollesche, die em nochspioniert hawwe.

Hitzisch renne se vom Daniel seiner Wohnstub nüwwer in die gut Stub vom Keenisch, hole tief Luft un kriege in ihrm Üwwereifer doch koi rischdische Wort raus. Korz grüße se de Keenisch un donn sprudelt's grad so raus: „Du hoschd doch des Gsetz verkündische losse, ... des mit dene 30 Täg ... un dass seller, der wu ... also der ... in d'Lööwegrub ..." De Keenisch stimmt zu: „Als Gsetz der Meder un der Perser." Un donn kenne die vornehme Herre ihr Schadefreud nimmer bremse: „De Daniel hod grad ewe gege des Gsetz verstoße, mir hawwe's selwer ghört. De Daniel dud nämlich zu seim alte Gott bete. Drei Mol am Tag!" Un um ihr Verachtung for den Kerl noch zu unnerstreichle, betone se: „Eener vun dene Gfangene aus Juda." Er is for sie koin Förschd mehr.

Dem Keenisch fällt sei Visage runner. Er merkt, dass er bös neiglegt worre is. Des konn doch ned wohr sei: Moin Daniel de Lööwe zum Fraß vorwerfe? Nie un nimmer konn un will er des zulosse! Un so fängt er o, mit dene Schlawiener zu verhandle, dud bittle, will besteche. Nix z'mache: Es is e Gsetz der Meder un der Perser, do gibt's koi Hinnerdürle.

Un so nimmt die Sach ihrn Lauf. Korz vor Sunneunnergang werd de Daniel abgführt un in d'Lööwegrub gschmisse. De Keenisch muss denewe stehe un er konn dem Daniel bloß noch zuriefe: „Helf der Gott!" En große Stoi kummt vor d'Grub un alles werd versiegelt mit em Keenisch seim Ring. E uruhisch Nacht beginnt.

Un was macht de Daniel in de Lööwegrub? E gut Frog un doch e blöd Frog. Eigendlisch müsst mer froge: Was mache denn d'Lööwe mit em Daniel? Die falle doch glei üwwer den arme Kerle her un zerreiße'n in viel Stügger. Er hod üwwerhaupt koi Chance zum üwwerlewe bei dene hungrische Biester.

Doch dodevu werd im Buch Daniel nix verzählt. Erschd in de Rückschau, als alles gut ausgange is un de Daniel üwwer sei uruhisch Nacht schwätze konn, do wird er sage: „Ich hab's so erlebt: Gott hod sein Engel gschickt un der hod de Lööwe d'Rache zughalte." So is de Daniel in högschder Todesnot bewahrt un behütet un grettet wore.

KURPFÄLZER LÖWE | UNIVERSITÄTSPLATZ HEIDELBERG

Doch stelle mer uns mol vor, wie sich de Daniel gfühlt hawwe keennd, als er in d'Lööwegrub gfloge is. Was hod er wohl gmacht? Gschriee wie am Spieß? Er werd vermudlisch ruhisch un cool gwest sei, ernschd un gfasst. Er hod sisch an sei Gebete erinnert un hod se still vor sich hergsagt. Er hod des wiederholt, was er seim Gott schun so oft gsagt, geklagt un gedankt hod:

Meine Zeit steht in deinen Händen, … die Zeit meines Lebens,
… die Stunde meines Todes.
Er hat seinen Engeln befohlen, dass sie dich behüten …

Daniel konn jetzerd seim Herrgott voll un gonz vertraue – wie im Lewe so aa im Sterwe. Er is un bleibt mit seim Gott verbunne. All des gibt em Ruh un Geborgeheit, gibt em Glasseheit, Hoffnung un Mut. Es kummt gonz von inne raus – aus seim Glaawe.

Während de Daniel in de Lööwegrub ruhisch sei konn, sieht's beim Keenisch in seiner Schlofstub ganz annerschd aus. An Schlof is ned zu denke. Die Sach mit em Daniel treibt en um. Kaum dass die erschde Sunnestrahle z'sehe sin, schleicht er sich zur Lööwegrub un dud horche, ob de Daniel noch en Muggser macht. Voller Ängschd rieft er in d'Grub nunner: „Daniel, sag mer hordisch, hod dein Gott der gholfe?" Un tatsächlich antwortet de Daniel. Em Keenisch sei Herz macht freudische Hubbser. Dankbar hört er, wie de Daniel sei wundersam Rettung erlebt hod.

Schnell werd de Daniel aus de Lööwegrub rausgezoge. Die Spitzbuwe vun Statthalter kriege ihr Strof. Un de Keenisch gibt in seim Tagesbefehl bekonnt, dass er dem lebendische Gott, dem de Daniel vertraue dud un der en so wundersam grettet hod, die Ehr gibt.

X

Sannsche geht bade

Susanna un Daniel

D'strahlend Schönheit vum Sannsche fällt üwwerall uff. En echte Nogugger. Un aa sunschd hod se alles, was'se zu em ognehme un sorgefreie Lewe braucht. Ihr jüdisch Familie wohnt seit Generatione in Babylon. Ihr fromme Eltern hawwe se gut erzoge un rer alle Gebot un Vorschrifte vum Mose glehrt. Mit ihrm Monn Jojakim un ihre Kinner führt se e glücklisch Familielewe.

Jojakim is sehr reisch un hoch ogsehe. In seim große un weitläufische Haus mit em prächtisch oglegte Garde trifft sisch regelmäßisch d'jüdisch Gmeinschaft, die im babylonische Reisch in Sache vun Glaawe un Reschdspreschung e gwisse Selbschdverwaltung hod behaupte kenne.

So were aus em Kreis vun de Älteste immer zwee Männer als Richter bstellt. Doch des Mol hod d'Wahl vun Ofang o gstunke. Jedes hod's gwusst, doch koins hod's laut gsagt: Die zwee neie Richter sin ned sauwer. Wenn jetzerd d'Leit ins Haus vum Jojakim kumme un ihr Streitischkeite vor dene zwee verhandle welle, hawwe se faschd immer schlechte Karte. Denn die neie Richter sind's gwohnt, vor ihm Urteil mol die link, mol die recht Hand helinge uffz'halte. Ihre Aage halte se ned bedeckt, damit se ohne Osehe vun de Person häde richte kenne.

Nee, ihr Aage hawwe im ganze Haus von Jojakim praktisch alles gsehe un regischdrierd, wer un was un warum do oi- un ausgehe dud. Vormittags ware's vor allem selle Leit, die ihre Streitsache hawwe erledische welle.

Awwer sobald die weg ware, is als die Hausherrin Sannsche aus ihre Gmächer gkumme, um in ihrm stille Garde frische Luft z'schnappe un sich dort unnerm Schatte von de viele Bääm un Sträucher e Weil uffzhalte.

Des hawwe die zwee Herre bal spitz gkriegt. Was for e Schönheit is die Madame, denkt jeder for sich; was die hod, konn sisch sehe losse. D'Fantasie geht mit dene alte Böck dursch. Mit der Fraa ä Mol schlofe! Ganz bsesse sin se von soddischer Begierde. Doch sie schäme sisch, des alles vorenanner oiz'gstehe. So gugge se weiter helinge wie verrüggte Spanner noch de Lady.

Dann an em Mittag sage se zu sich: „Mache mer for heit Schluss un gehe hoim. Mahlzeit, en gute!" Sie gehe ausenanner, doch glei druff kreuze sich uverhofft wieder ihr Weg. Vor em Gardedörle vum Jojakim seim Haus treffe se sisch wieder. „Was machschd denn Du do?", fährt's aus ne raus. Wie verwidschde Lausbuwe gstehe se sich oi, dass se scharf sin uff des schee Sannsche un druff spekuliere, sie jetzerd im Garde z'treffe. „Alla gud, dann dun mer se bei nächschder Glegenheit zsamme abpasse", sin se sich oinisch.

E Weil später geht s'Sannsche an em heiße Tag mit zwee Mägd wieder in ihrn Garde un will wege de Hitz im Brunne bade. „Oh, holt mer hordisch aus em Haus noch ebbes von dem Öl un aa Salbe. Schließt awwer vorher noch alle Gardedörle feschd zu." Die Mägd erledische die Uffträg von ihrer Herrin un gehe zum hinnere Dörle naus. Die zwee alte Männer, sie sich hinner de Büsch versteggelt hawwe, sehe se ned.

Kaum hod des schee Sannsche ogfange, ins Wasser z'steige, springe die Lüschdling aus ihrm Versteck unner de Bääm un sage zu der verschroggene Fraa: „Schreie hod jetzerd koin Wert, mir sin älloi im Garde, alle Dörle sin verschlosse un niemeds sieht uns. Mir begehre dich hefdisch un welle's jetzerd mit der treiwe. Drum leg dich no for uns, awwer ganz hordisch. Mir sin stärker als du! Willschd du des ned mache, donn bschuldische mir disch, dass ewe en junge Borschd bei der war un du drum dei Mägd rausgschiggt hoschd."

BADEHAUS | SCHLOSSGARTEN SCHWETZINGEN

Des schoggiert Sannsche kann aa in so nem Moment ihr gut Erziehung ned ganz verleugne un sächd: „Ihr dud misch arg bedrängle. Wenn ich euch z'Wille bin, is mir als Ehebrecherin de Tod g'wieß. Bleib ich standhaft, dann kummt ihr mit eure verlogene Beschuldigung. Dann will ich liewer uschuldisch in euer Händ falle, als dass ich mich gege Gottes Gebot versündische däd." Dann war's mir ihrer Fassung vorbei un sie fängt o, laut un verzweifelt z'schreie un hemmungslos z'woine.

Awwer die zwee Mannsleit kenne lauter briele. Oiner laaft zum Gardedörle un dud's öffne. Die Leit im Haus höre den große Lärm un renne naus um zu gugge, was do passiert is. Sannsche konn koi Wort rausbringe, nur heile dud se vor Wut un Scham. Doch die verlogene Richter bringe gfasst un deutlich ihr Oklag vum Sannsche sein Ehebruch vor. Die Dienstleit sin so was vun baff, glaawe awwer dene Richter. Was zählt e Wort vun rer Fraa? Sie schämme sich for ihr gnädisch Fraa. Doch niemeds wagt, die ganz Gschicht ozweifle.

Am annere Tag sin wieder viel Leit im Jojakim seim Haus versammelt. Die zwee Richter hawwe sich aa uff de Weg dort no gmacht mit de scheiheilisch Absicht, des uschuldisch Sannsche wege ihrm ogeblische Ehebruch zum Tod verurteile z'losse. Kaum sin se do, töne se forsch: „Schiggt e mol noch dem Sannsche, seller Tochter vum Hilkija, die Fraa vom Jojakim!"

Die is dann kumme mit ihre Eltern, Kinner un de ganz Verwandtschaft. Ihr ganz Anmut un Schönheit hod se hinner oim Schleier versteggelt. Des hod awwer dene Ältaste un Richter ned gebasst; drum befehle se, ihr den Schutz vum Gsicht z'reiße. Sie welle noch ä Mol gnau nosehe un sisch dro berausche kenne, wie schee die Fraa is. E eklisch Grinse is uff ihrer Visage z'sehe. Alle, die debei stehe un des sehe, fange z'heile o.

Dann stelle sisch die zwee Richter in d'Mitt von de versammelte Leit, schmeiße sich in Positur wie uffgeblosene Giggler un lege ihr Händ uff de Kopp als Zeiche for alle, dass es jetzerd bei der Grichtsverhandlung um Lewe oder Tod gehe dud.

S'Sannsche steht alloi un verlasse do, heilt still vor sich no un guggt zum Himmel nuff; ihr Herz is arg traurisch, awwer voll vun Gottvertraue.

Mit gspielter Empörung schildere die Giggler-Richter den Tathergang, den se gsehe hawwe welle. „Also, mir zwee sin im Garde vun dem Haus e bissele rumspaziert, als die Fraa do mit zwee von ihre Mägd aa in de Garde kummt. Sie schließt alle Dörle zu un schiggt ihr Dienstleit wieder fort. Dann is do uff ä Mol en junge Borschd aus seim Verstegg bei dene viele Bääm rauskumme, laaft zur Sannsche nüwwer un legt sisch zu'rer no. Mir ware grad e bissele abseits im Garde, hawwe awwer gut mitkriegt, was do grad passiert. Is des awwer e Schandtat! – hawwe mir uns gsagt, do müsse mer oigreife! Schnurstacks sin mer zu dem Pärle nogloffe un hawwe se wirklisch inflagranti verwitscht. Den junge Kerl konnte mer uns ned schnappe; er war z'stark for uns. Er bricht e Gardedörle uff un springt devu. Die Fraa do awwer hawwe mer feschdhalte kenne. Uff unser Froog an se, wer denn seller junge Monn is, hod se uns nix sage welle. Des alles, ihr Leit, is gwieß wohr, mir zwee bezeuge des."

S'Sannsche hod mer zu dem allem erschd gar ned befrogt; denn e Wort vun rer Fraa gilt vor Gricht üwwerhaupt nix.

71

Drum hod die gonz Versammlung im Haus dene zwee Älteste un Richter alles geglaabt, was se als Lüge uffgetischt hawwe. So werd die uschuldisch Fraa vun allene Leit zum Tod durch Steinischung verurteilt.

Mit em schrille Schreier schiggt des verzweifelt Sannsche sei Klag zu Gott: „Du Ewischer! Du weescht doch alles, aa des, was helinge passiert. Drum weeschd du aa, dass die Zwee do ewe e falsch Zeugnis gege misch vorgebracht hawwe. Gugg, ich muss jetzerd sterwe, weil die so bösartisch üwwer misch gloge hawwe!" De Herrgott dud ihr Rufe höre.

S'Sannsche werd feschdgnumme un aus de Stadt zu em Stoibruch gführt. Von dem soll se runner gstörzt un noch viel große Stoiner uff se druff gschmisse were. Doch falls während dem longe Weg zur Hirischdung noch en neue Zeuge kumme däd, der sage konn, dass es anderschd war, werd alles abgsagt un neu verhandelt. Des is e jüdischs Gsetz.

Un tatsächlich is so en Man uffgetaucht. En junge Kerl mit Nome Daniel war's. Gott hod den mit em heilische Geischd erfüllt, so dass er mit großer Üwwerzeugungskraft vun der Liewe Gottes un for die Wahrheit hod redde kenne.

„Horcht e Mol her, ihr Leit", fängt er o, „des kann un derf mer doch ned zulosse! Also ich will uschuldisch sei am Blut vun dere scheene Fraa!" Alle bleiwe erstaunt stehe un welle wisse, was des alles soll. Sie bilde en Kreis um de Daniel, der mit seiner Red fortfahre dud.

„Ihr Männer vun Israel, seid ihr soddische Narre, dass ihr e Tochter Israels verdamme dud, bevor ihr in der Sach, die gege se vorgebracht werd, gründlisch nochgforschd habd un ihr ganz sischer seid? Alla, ihr Leit, ab un zrück zum Gricht; denn selle Älteste hawwe falsch Zeugnis gege die arm Fraa gredt!" Sofort sin alle umg'kehrt.

Im Haus vum Jojakim fordere die annere Älteste den Daniel uff, bei ihne Platz z'nemme un alles gnau z'schildere. „Gott hod der schun in junge Jahre viel Weisheit gewwe," spreche se ihm ihr Vertraue aus.

Noch so ner Ermutischung fängt der mit seim Plädoyer o. „Also erschd e Mol will ich die zwee alte Männer un Zeuge jedes for sich verhöre. Keener derf höre, was de anner sagt. Trennt se vunenanner." Als des gmacht is, macht er mit dem oine weiter.

„In Bosheit bischd du alt gworre. Uschuldische hoschd du verurteilt. Des war alles gege Gottes Gebot! Un jetzerd mei Froog an disch: Du hoschd doch selle Fraa gsehe. Sag mer jetzerd, bittschee: Unner wellem Boom hoschd du des Pärle gfunne?" „Unner e Linde", is sei Anwort. „So, so! Mit deiner dreischde Lüg bringschd du dich um dei Lewe! Bringt mer den annere alte Monn."

Als der do un de erschd weg is, führt de Daniel sei Verhör weiter. „Die Schönheit hod disch narrisch un dei bös Gedanke hawwe disch herzlos gmacht. Die gute Fraa do hod ned in euer ureschde Macheschafte oigwillischd! Sag mer jetzerd, bittschee: Unner wellem Boom habt er die zwee verwitschd?" „Unner e Eiche", is sei Anwort. „So, so! Mit deiner Lüg bringschd aa du dich um dei Lewe! Gottes Engel dud scho mit seim Schwert warde, um euch all zwee zu vernichte!" Daniel is mit seim Verhör fertisch.

Die gonz Versammlung is erleischterd. S'Sannsche hod nix U'ehrehaftes gedu. Sie rufe laut bravo, preise und lobe Gott, der dene helfe dud, die wu uff ihn hoffe un ihm vertraue. Dann verurteile se die zwee verlogene Älteste un Richter zum Tod, weil de Daniel sie mit ihre eigene Wort üwwerführt un als falsche Zeuge entlarvt hod.

Vum Daniel hod mer später noch viel Guts ghört; doch is em aa manch harte Prüfung ufferlegt wore.

Im Haus vom Jojakim war die Freud un Erleichterung üwwerall z'spüre. S'Sannsche, ihre Eltern, ihr Mann Jojakim, ihr Kinner un die ganz Verwandtschaft kenne fast ned uffhöre mit ihre Dankgebet un de Lobgsäng zu Gott, dem Herrn.

S'Sannsche dud ihr herzisch Lache wieder finne un ihr Schönheit blüht wieder neu uff.

XI

Jona will nix wie weg

Jona un Ninive

Viel Chance in unserm Lewe kumme uverhofft: Batsch, do is se, alla, mach was draus! So ging's dem Monn Jona, dem Sohn des Amittais. Wirklich wie an Blitz aus heiterem Himmel rischded Gott de Herr sei Wort an en: „Horch, Jona, geh mol hordisch in d'groß Stadt Ninive un du dene dort de Marsch blose; denn die sin böse, bitterböse Leit. Ich konn des ned länger leide."

Die Chance for de Jona?! Er weeß es noch ned. Ninive, wu is des eigentlisch?

Jona – was uff deutsch Tauwe heiße dud – lebt im judäische Bergland irdendwu in de Näh vun Jerusalem. Er hod jo noch ned google kenne. Awwer er hod e Mol ghört, dass des Ninive die groß Hauptstadt vun dem mächtische Assyrer-Reisch is – irgendwo im Zweistromland. Dass es so tausend Kilometer Luftlinie nördöstlich vun seiner Heimet is, ahnt er noch ned. Es is em awwer aa sowas vun egal. Er will des ned mache! Ich bin doch ned em Herrgott sein Depp! Wer weiß denn schun, wie ich aus der Gschicht rauskumm?

Er hod uffgepasst bei dem, was er dehoim in de Synagog vun Gott ghört hod. Sein Kinnerglaawe an de liewe Gott hod er so gut wie verlore. Als Erwachsener hod er gmerkt, dass in dere

Welt Macht un Krieg, Streit un Lüg, Hass un Strof, Leid un Not herrsche. Wu bleibt do de barmherzische un liewende Gott, de Allmächtische un Gütische, der sich aa Mol zeige un hard durschgreife däd? Mer weeß jo nie, wie mer dro is mit em Herrgott!

Drum, so denkt sich de Jona, will ich mich do draus halte. Ich bin ned die Tauwe, die wu hordisch noch Ninive fliege un dort die göttlisch Drohbotschaft verkündische dud. Drum sächd er sich: Nix wie weg! Ned nach Oste un nach Ninive, – nee in die anner Rischdung, nach Weste – soo weit wie's überhaupt geht. Nix wie weg, der Herrgott soll mich aus seine Aage verliere.

KOLLERFÄHRE I ANLEGESTELLE BRÜHL

Un so rennt er los, runner vun seim Bergland bis zum Mittelmeer in d'Hafestadt Jafo (was heit die Stadt Tel Aviv is). Do findt er e Schiff, des nach Tarsis segle soll – gonz uff de anner, de westlich Seit vum Mittelmeer, praktisch am End vun de Welt, noch üwwer die Stroß vun Gibraltar naus. Doch de Herrgott verliert den kneifende Kerl ned aus seine Aage.

Brav un oständisch zahlt de Jona im Hafe sei Fährgeld, sucht sich e schee Plätzle unner Deck un fängt o zu penne.

Doch kaum hod des Schiff an Fahrt gwunne, lässt de Herrgott en Mordssturm uffkumme. Die Matrose schreie wie wild dorchenanner: „Unser Schiff geht in Brüch!" Jedes ruft sein Gott o. Sie schmeiße ihr Ladung üwwer Bord, damit s'Schiff leichter werd. Doch von dem ganze Gedöns kriegt oiner nix mit: Jona dud feschd schlofe.

Awwer de Kapitän weckt en: „He, du, wach uff! Du musschd aa doin Gott orufe; mir brauche jetzerd jede Hilf." En Matros hod noch e Idee: „Leit, mir lose, damit mer rauskriege, weller Kerl uns die Strof oigebroggt hod." So mache s'es. Un wen trifft s'Los? Jona is de Übeltäter! Glei wolle se noch mehr vun em wisse: Wer, wie, wo, was, woher, warum?

Er muss Farb bekenne: „Ich bin en Hebräer un du unsern Gott förschde, er hod jo alles gschaffe; ich bin awwer uff de Flucht vor meim Gott." Die Matrose frooge sich: Was mache mer mit so em Kerl? De Meeresgott will sei Opfer hawwe! Jona nimmt soin ganze Mut zsamme un sächd: „Alla gut, packt mi un schmeißt mi ins Meer; ich bin de Sündebock." Doch die Schiffsleit traue sich noch ned. Sie versuche's noch e Mol mit rudere; doch die Strömung is z'stark for se.

Do in ihrer höchschde Not, sehe se doch noch e Chance for sich. Sie rufe un bete zu dem Gott des Hebräers Jona: „Ach, Herr, loss uns ned verderwe, wemmer jetzerd den oine Monn opfere, – un du uns des, bittschee, ned okreide; du weeßt jo, was reschd is."

Jona awwer bleibt stumm: koi Gebet, koi Bittle, koi Bettle un koi Jommere.

So werd der Kerl donn im hoche Boge ins Meer gschmisse. Glei druff is de Sturm vorbei. Die Matrose verschrecke sich; drum bringe se em Herrgott e Opfer dar un lege e Gelübde ab als Dank for die Chance zur Rettung.

Bevor sisch de Jona üwwerlege konn, ob er als Nichtschwimmer wie verrüggt noch strample soll oder glei unnergehe will, macht's schnapp un en große Fisch hod den Kerl verschlunge. E sagehaft Lösung! Gott hod den Fisch gschickt; denn er will den Jona jo ned aus seine Aage verliere. Er braucht en noch als sei Werkzeug bei dem Ufftrag in Ninive. Die Chance for de Jona bleibt bstehe.

Drei Täg un drei Nächt is de Jona in dem Fischbauch versteggeld, wundersam grettet un gschützt. Er kriegt die Zeit, um nochzudenke un sich nei zu bsinne un um z'bete. Wie gut, dass er sich an viele Psalmversle erinnere un die zu seim eigene Gebet nutze konn. In dem dankt er for sei Rettung; awwer wege seiner Flucht vor em Herrgott kummt koi Silwe üwwer sei Lippe. Doch er will wieder gut sei mit Gott un ihm drum mit Dank Opfer bringe.

Gott hört's un lässt den Fisch zum Strand schwimme. Do spuckt des Riesevieh den Jona mit em kräftische Rülpser uffs Land. Und so fängt die gonz Gschicht wieder bei Null o.

Noch e Mol heißt Gott de Jona, in Rischdung Ninive zu marschiere. Es is die zwett Chance for en. Jetzerd spurt de Kerl: Nix wie hi! Long, ziemlich long is er unnerwegs. Donn sieht er sei Ziel vor sich liege: Ninive, die groß un weitfläschig Metropol am Owwerlauf vum Tigris, reich an prächtische Paläst un Tempel. (Heit heißt die Stadt im Norden vum Irak Mossul.)

Oin Tag long dud de Jona in des Ninive neilaafe, guggt un staunt. Dene Leit sollschd also im Ufftrag vun Gott de Marsch blose?

Er bleibt stehe, plustert sich uff wie en Giggler und posaunt lauthals raus: „Leit, in värzich Täg werd Ninive unnergehe!" E Botschaft: korz, klor un knackisch. Sunst sagt er nix; awwer er will neigierich abworte, was for groß un gwaltisch Katastroph des sei keend.

Värzisch is in de Biwwel e bsunnere Zahl. Sie will sage, dass jetzerd e Zeit is, in der mer in sich gehe un sich läutere kann. 40 Johr ware die Kinner Israels mit em Mose unnerwegs in de Wüst. Un aa de Jesus war 40 Täg in de Wüst. Awwer soddische Gedanke gehe am Jonas vorbei. Er will uff des große Dunderwetter warde.

Doch, o Wunner, er muss üwwer was ganz anneres staune. De Jona kriegt Glotzaage wie e Kuh un Ohre wie en Elefont. Oh jeh! Sei Wort, die Drohung, sei so korze Bußpredischd – des wirkt! Doch annerschd als er sich's gedenkt hod.

Jo, Worte wirke. E gscheits Wort zur reschde Zeit konn viel bewirke. Es kriegt sei eige Dynamik un konn viel verännere. Doch de Jona will des ned kapiere. Die Leit vun Ninine hawwe sich die Drohworte vun dem fremme Sonderling z'Herze gnumme.

Sie bibbere ned vor Ängschd un sage aa ned: Der hergloffene Kerl konn uns mol. Nee, sie sage: es is was dro an dem sei Wort. Mir hawwe viel falsch gmacht. Jedes vun uns macht jo, was es will. Mir lüge, betrüge, bscheisse, e Menschelewe is nix mehr wert. Unser Gott, der will so was ned. Drum konn's so ned bleiwe. Leit, mir welle un müsse des ännere – un zwar sofort. Mir due Buße, mir faschde – alle Leit un aa unser Viecher. Mir nemme uns d'Zeit, um üwwer unser eige Versage un unser Schuld nochzdenke. Un dann fange mer wieder nei o. Aa der Keenisch hod bei dem Gonze mitgmacht. Bußgottesdienst were abghalte. Ihrn Gott hawwe se ogrufe: „Herr, erbarme disch! Wir welle umkehre vun unsre böse Weg." Als de Herrgott des gsehe un ghört hod, war sein große Zorn vorbei. Ninive kann nei ofange. Die Leit hawwe ihr Chance gnutzt.

„A her, gibt's denn so ebbes!" kummt's aus dem Jona raus, als er sich des alles ogugge muß. So en Zorn kriegt er. Sein ganze Fruschd lässt er de Herrgott spüre: „Ich hab's gwusst – schun dehoim, als du mer den bleede Ufftrag gewwe hoschd. Ich hab's gwusst, drum bin in die anner Rischdung gloffe, üwwer's Meer nach Tarsis gflohe. Denn du konnschd dei Wort ned halte. Du un klore Kante? A was! Du machschd wieder uff gnädig, barmherzisch, langmütig un große Güte. Du willschd alleweil de liewe Gott spiele. Mir longt's endgültig mit der. Nix wie weg! Nimm mei Seel vun mer; ich will liewer tot sei als so lewe!" Doch Gott gibt em Jona immer noch e Chance: „Üwwerleg der's mol, ob du mit deim Zorn reschd hoschd," sächd er zu em.

Doch de Jona will sein Zorn weiter pflege. Er will weiter druff warde, dass es mit dem Ninive doch noch zur groß Katastroph kummt. Er baut sich owwerhalb vun de Stadt e kloi Hüttle zsamme. Un do hoggt er – mitte in de Hitz. Dass de Herrgott donn hordisch e groß Rizinusstaude wachse lässt, die ihm Schatte spende dud – gschenkt; awwer es freit en. Er dud weiter Ninive beobachte, ob sich do endlich ebbes was dud. Doch es bassiert immer noch nix.

Dodefier awwer bei seim Rizinus, der vun em kloine Wurm gstoche werd un drum gonz hordisch verwelke dud. Jona kriegt in de Mittagshitz en Sunnestich! Warum? Es war de Herrgott, der for den doppelte Stich verantwortlich war – den Wurm im Rinzinus wie den Kollaps vum Jona. Un der konn bloß noch jabbse: „Ich will sterwe, ich geb uff!"

Doch de barmherzige Gott gibt sein Jona ned uff. Er schwätzt weiter mit dem frustierte Kerl un lässt en dodebei tief in sei eige Herz blicke: „Moin Liewer, du duschd üwwer den verdorrte Rizinus jommere. Kumm, sag mer: hoschd du den wachse losse? Ich war des un hab en aa oigehe losse. Und jetzerd, moin Liewer, horsch e Mol gut zu: Mehr als 120.000 Leit wohne in dem Ninive. Üwwer die konn un muß ich jommere; die dun mer leid, die hawwe sich verrannt un nimmer weiter gwusst in ihrer Bosheit. Awwer die sin in sich gonge. Um die hab ich mich gkümmert un hab ne gholfe aus Liewe un Barmherzischkeit. Die hawwe ihr Chance gnutzt un führe jetzerd wieder e guts Lewe. Un du?"

Nirgeds steht's gschriewe, ob de Jona dodruff noch ebbes gsagt hod. Es bleibt offe. Doch die Gnad un Barmherzischkeit, Geduld un Güte un die Liewe vun unserm Herrgott bleibt for uns alle weiter offe.

XII

Elsbeth löffelt weiße Kees aus ihrm Haffe

Elisabeth un Zacharias

Die zwee ältere Leitle sin im Dorf hoch ogsehe. Schun seit Generatione lewe dene ihre Familie do im Gebirgsland von Judäa. Zacharias un sei Fraa Elsbeth stamme als Levite vun alte priesterliche Familie ab un ghöre drum zu de bessere Leit. Sie sin dodemit uffgwachse, was en Priester zu du un zu mache hod un wonn er im Tempel vun Jerusalem zum Dienst oigedeilt is. Der kennt alle Gsetze un Gebote ganz gnau. Er kann entscheide, ob oins noch ner schwere Kranket rein oder unrein, also gsund oder noch krank is. Un er kann Bscheid gewe un verkündische, was de Wille Gottes is.

Des alles macht's, dass de Zwee im Dorf was Bsunneres un aa e Vorbild vun Frömmischkeit sin. Alle due drum arg bedaure, dass des Paar koi eigene Kinner hod.

De Zacharias is jetzerd mol wieder dro, dass er for e Woch in Jerusalem drowwe sein Priesterdienst versehe muss. Er macht des gern un nimmt's sehr gnau.

D'Elsbeth steht unner de Haustür un guggt ihrm Mann long noch, wie er sich gebüggt un müd uff de Weg in d'Stadt Davids macht. Jo, denkt se sisch, mir zwee sin halt wirklich älter gworre; un mir were in unserm Alter wohl alloi bleiwe müsse, Gott sei's geklagt. Awwer in ihrm Nachtgebet dud se donn die Bitt um e Kind weiter vor Gott bringe.

Im Tempelbezirk vun Jerusalem freut sisch de Zacharias üwwer jede alte Bekannte aus de Priesterschaft. Des Mol is er oigeteilt, des Räucheropfer vorz'breite un durschz'fiehre. In de heilische Halle fängt er am Morje o, die Lampe ozuzünne un die Gabe for de Räucheraltar z'richte. Von de Vorhall hört er die Gebet un Gesäng von all de Pilger, die uffs Räucheropfer warde. Es is wie immer. Er is gonz versunke in de vertraute Ablauf vun de alte Rituale. Drum trifft's en aa wie en Blitz, als ihm plötzlich rechts vum Räucheralter de Engel Gabriel erscheint. Ohne groß Gedöns steht der oifach do un fängt z'schwätze o. Awwer der altgediente Priester, der schun so viel erlebt hod, fängt z'bibbere o.

„Sachde, Zacharias, machs halblang un horch mer zu. Die Gebete von dir un deiner Fraa sin erhört wore. Dei Elsbeth bringt en Sohn uff d'Welt un du sollschd den Johannes heiße. Du werschd groß Freid an dem Bu hawwe. Un was ganz Bsunneres geht vun dem Kerl aus. De Heilische Geischd werd en pagge un er wird die Israelite zum Glaawe an Gott bekehre." „Ich un en Sohn? Wie konn des gehe? Ich un mei Fraa sin doch üwwer des Alter schon raus!" So hält Zacharias degege. Doch de Engel Gabriel lässt ned logger.

„Gott lässt dir des von mir sage un verkündische. Un ich geb der noch en Denkzeddel mit: Weil du mir ned glaawe willschd, werschd du stumm sei un nimmer schwätze kenne bis zu sellem Tag, an dem des alles passiere dud." Sagt's un weg is er.

DOM ZU SPEYER

Die Pilger in de Vorhall were schun zabbelisch, weil de Priester so long mit seiner Sach brauche dud. Endlisch kummt er raus; awwer er steht mit offene Mund do un bringt koin oinzige Ton raus. Mit dem is was bassiert, sage se sisch, der hod ebbes erlebt, was ned alltäglisch is, – gwieß e Erscheinung im Tempel drin. Ehrfürchtisch stehe se do un sehe, wie er ihnen stumm winke dud.

Zacharias bleibt noch im Tempel, bis sei Dienstwoch rum is. Donn macht er sich voll Freud wieder uff de Hoimweg. Unnerwegs muss er sich erschd e Mol selwer sordiere. Er üwwerlegt aa, wie er des alles seiner Fraa sage keend.

Sei Elsbeth sieht en schun von weitem kumme un traut ihre Aage ned. Denn do laaft nimmer en gebüggte un alte Mann, nee, der dud flott ausschreite un trägt sein Kopp gonz hoch. Noch mehr erstaunt is se, als er ihr zur Begrüßung en Kuss gibt; doch es kummt koi Wort üwwer sei Lippe. Schnell wird rer klor, dass de Geist Gottes mit ihrm Zacharias was ogstelld hod. Sie sieht, wie sei Aage strahle un weit göffnet sin; e paar Tränle rolle üwwer sein graue Bart. Sie muss en umarme un feschd an sich drügge.

Drin im Haus holt de Zacharias sei Tafel un kritzelt paar Wort druff. Zum Glück ghört sei Elsbeth als Priestertochder zu dene wenniche Fraue, die e bissele lese kenne. Un er gestuliert dodezu mit de Händ un de Fieß, bis allmählisch klar werd, was de Engel Gabriel ihm alles verkündischd hod. Es braucht e Weil, bis d'Elsbeth was sage konn. Sie gugge sisch gegeseitisch o, staune un schüttle immer wieder ihr Köpp, lache un strahle, lobe un danke Gott. Gonz gschafft un glückselisch gehe se schlofe un hawwe sisch noch lieb.

E paar Woche später will sich de Zacharias aus de Küch en erdene Haffe hole un konn koin finne. Er guggt rum un entdeckt, dass in denne Haffe fors Milschige Geisemilsch als Kees ogsetzt is. Des hod mei Fraa awwer schun long nimmer gmacht, denkt er sisch. Awwer als am nächste Morje d'Elsbeth en Haffe mit dem Kees voll Gnuss auslöffle dud, geht em e Licht uff.

Mit em gschulte Blick als Priester konn er erkenne, dass sisch im Gsicht un im Blick vun seiner Fraa was verännerd hod. Die sieht zuerschd sein offene Mund, dann sei freudisch Lächle. Sie schluggt, holt dief Luft un sächd dann: „Gell, ich bin wohl schwanger! Es is wie e Wunner, de Allmäschtische sei globt!" Des Glück von dem alte Pärle is grenzelos un sie preise Gott for sei Gnad un Barmherzischkeit. Un ich bin jetzerd for alle Leit e rischdische Fraa, denkt sisch d'Elsbeth noch.

HAFFE MIT WEISSE KEES

Die Nochbarsleit kriege die große Neuischkeit gar ned glei mit, denn d'Elsbeth lässt sich fünf Monat long ned bligge. Als äldere Fraa musse se viel liege un sisch schone, damit ihr Kind bleiwe dud. Aa will se so dem ganze Gschwätz im Dorf aus em Weg gehe.

Dann steht uff ä Mol e jung Fraa vor em Haus vum Zacharias. Elsbeth macht die Tür uff un is erstaunt. „Schalom, kennschd Du mich noch Dande? Ich bin's, die Maria aus Nazareth!" „Ich muss mich bsinne, – doch, hajo, Du kummschd nach meiner Großmudder. Du warschd noch so kloi, Maria, als ich Dich letzschde Mol gsehe hab. Schalom, sei willkomme in unserm Haus. Schee, dass de mol vorbeiguggst bei uns. Kumm, geh roi un leg dei Bündel ab, du werschd müd sei noch dem longe Weg vun Galiläa her." Maria awwer bleibt noch stehe un dud ihr Dande betrachte. „Es stimmt also wirklisch, dass Du schwanger bischd! De Engel Gabriel hod mer des nämlisch gsagt. Oh, Dande, ich war so verschrogge un so eigenartisch brührt wege der himmlische Erscheinung, die ich erlebt hab. Stell der vor, – o Wunner! – ich bin aa schwanger un soll de Sohn Gottes uff d'Welt bringe un ihn Jesus heiße. De Herrgott hod misch ausgsucht un ich hab dodezu Ja gsagt. Awwer ich brauch noch e bissele Zeit, bis ich mei Ruh wieder hab." „Oh, kumm doch endlisch roi in d'Stubb, mei liewe Maria, jetzerd muss ich Dir was sage: Du bischd gesegnet unner allene Fraue. Selisch bischd du mit deim Glaawe un deim Vertraue." Un donn stimmt die Maria en große Lobgsang o. Sie bleibt noch knapp drei Monat bei ihrer Dande, bis se wieder hoim geht. Es dud rer gut, sich do e bissele zu versteggle.

Riesisch groß is die Freud bei allene im Dorf, als d'Elsbeth ihrn Sohn uff die Welt bringt. Sie muss ganz schee kämpfe, bis sie's gschafft hod. Acht Tag später versammle sisch Verwandte un Nochbarsleit im Haus vun de Kindsmudder un em Zacharias, weil der Bu bschnitte were soll. „Gell, des herzische Kerlsche kriegt doch bstimmt den Nome vun seim Vadder – Zacharias," sage alle. „Aba, der soll Johannes heiße", sächd d'Elsbeth. „A was soll denn des, seller Nome kummt doch in eurer Verwandschaft üwwerhaupt ned vor."

Sie winke den Kindsvadder her, der stumm in de Egg steht. Der lässt sich sei Täfele gewwe un krizzelt hordisch mit dicke Zeiche druff: „Hannes heißt er!" Alle schüttle desderwege de Kopp un due sich gleich druff noch mehr wunnere, als de Zacharias wieder sei Sproch gfunne hod. Mit viele Worte dud er em Herrgott danke un ihn lowe un preise for sei Barmherzischkeit. D'Elsbeth dud eifrisch nigge un dem still zustimme.

Glücklisch un zfriede führe die Zwee ihr Lewe im Dorf weiter. Alle freue sisch mit'ene üwwer ihrn Johannes, der als lebhafts Kerlsche for mansche Üwwerraschungen un Uffregunge gut is.

XIII

D'Weihnachtsgschicht

Jesu Geburt

Es is zu seller Zeit bassiert, als de Kaiser Augustus sei Bote hod ausschelle losse: All mei Leit im Reisch were jetzterd mol gezählt, damit ich weeß, was an Steier neikummt! Des war damols wirklisch zum erschde Mol un zwar als de Quirinius Statthalter vun Syrie war.

So sin die Leit halt losgange, um sisch in Steierlischde oitrage z'losse, jedes in sellem Ort, vun wu de Großvadder oder de Urgroßvadder her war. Aa de Josef vun Nazareth in Galiläa is losgange, no in des Bethlehem im jüdische Ländle un zwar desderwege do no, weil er aus de Sippschaft vum Keenisch David rauskumme dud. Also hod er sisch do oitrage losse müsse zsamme mit seiner Fraa, de Maria, die e Kind kriegt.

Grad als se dort ware, war's so weit, dass des Kind uff d'Welt kumme sodd. Un so hod d'Maria ihrn Bu kriegt, de erschde, hod en in Windle gwickelt un hod des Bobbele in e Fuuderkripp noiglegt. Warum grad do noi? Ha, es hod halt koi anneres Plätzel gewwe im Gaschdhaus.

Uff em oigezäunte Feld von seller Gegend ware Hirte. S'war Nacht, un sie hawwe uff ihre Viecher uffgepasst. Dann uff ä Mol war de Engel des Herrn bei ene. Glänzisch un hell war's um se rum, bei Gott! Mensch, sin die verschrogge. Awwer de Engel sächd zu ene: „Dud eich ned förchde! Bassd mol gud uff! E ganz große Freud du ich eich verkündische, alle annere Leit were's aa noch erfahre. Wissd er, drin in de Stadt Davids, in Bethlehem, is grad ewe de Heiland gebore, Chrischdus, de Herr. Dodro kennt ihr's merke: Des Bobbele is in Windle gwiggelt un liegt in ner Fuuderkripp drin."

Zu dem Engel sin dann glei druff noch mehr Engele vum Himmel kumme, schareweis. All zsamme hawwe se schee losglegt un Gott globt: „Unserm Herrgott in de Höh nix als Ehr un de Mensche uff de Erd nix als Fried, weil Gott se so arg lieb hod!"

Als d'Engele wieder weg ware, sage die Hirte: „Alla, geh mer noi in des Bethlehem! Die Sach, die do bassiert is, die wolle mer gnau wisse, wenn's schun de Herrgott selwer uns hod sage losse." Hordisch sin se marschiert un hawwe se gfunne, all zwee, d'Maria, de Josef – un des Bobbele in de Fuuderkripp noch dezu.

Als se alles gsehe hawwe, sage se sisch: „Mir müsse all die Sach vun dem Bobbele glei weiterverzehle." Sie hawwe's ned for sisch bhalte kenne. Die Leit awwer, die des mitkriege, gugge ganz schee wege dem, was die Hirte do alles rumverzehle.

D'Maria awwer, die hod all die Sache, die gschwätzt wore sin, for sisch bhalte un driwwer simeliert – dief in ihrm Herz drin.

Die Hirte sin dann wieder hoim zu ihre Viecher. Un was hawwe se unnerwegs ned for e Gedöns gmacht, als se de Herrgott globt un gepriese hawwe. Es ware jo grad sie d'erschde, die wu des alles z'höre un z'sehe gkriegt hawwe.

WEIHNACHTEN | EVANGELISCHE KIRCHE BRÜHL

XIV

Wer macht jetzerd die Kass?

Levi Matthäus

In meim Lewe gibt's zwee Entscheidunge, die bei mir alles, was bisher war, uff de Kopp gstellt hod. Die erschde war, als Zöllner z'schaffe; donn die anner, mich dem Rabbi Jesus ozuschließe. Doch alles de Reih noch.

Also ich bin en jüdische Monn, der wu in Galiläa uffgwachse is un von jung o gwohnt is, alle religiöse Vorschrifte und Gebote zu halten. Mein Vadder Alphäus hod mich Levi gheiße, später sage se aa Matthäus zu mer. Als junger Borschd hab ich lang rumgeguggt, was ich so schaffe keennd, hab mol des, mol selles probiert. Awwer nix hod mer rischdisch Spass gmacht. Die Zeite ware un sin immer noch schlecht, vor allem for jüngere Leit. Bei uns uff em Land hawwe die Bauersleit grad s'Nötigschde zum Lewe. Die groß Händler setze mit ihre Preise for's Saatgut die kloine Baure scho stark unner Drugg un sin ned zimperlisch, wenn's ums Oitreiwe vun de Schulde geht. Do hab ich mir gsagt, dass ich s'mol besser hawwe will.

Bei em Gläsle Woi bin ich mit em römische Soldat ins Schwätze kumme. Der frägt misch noch ner Weil, ob ich mir vorstelle keennd, Zöllner zu were. „Mir brauche do gute Männer, die aus de Gegend sin; die kumme mit de Leit besser z'rechd als mir Römer", sächd er un holt donn weiter aus: „Also, die Zöllner sin im ganze römische Reich sozusage selbschdständische Unternehmer, praktisch Partner vum Staat. Der dud alle Zollbezirke an jedes, der wu's will oder kann, for en feschde Betrag verpachte. Des Geld is zu Beginn vum Steuerjahr fällisch. Was Du als Zöllner dann mehr oinemme duschd, des is doin Verdienschd. Alles klor? Also ich kenn do ebber, der dir so Zollstation do in de Gegend vermittle keennd." Ha, denk ich mir, des probierschd mol. „Awwer wo krieg ich des Geld her, des ich im Voraus zahle muss? Des is doch bstimmt en scheene Batze!", froog ich weiter. „Ha, des keend mer dir zum Ofang erschd e mol leihe un du konnschd's donn zrüggzahle – aa bei seller große Steuergsellschaft, die wu dir den Poste vermittle dud." Ich hab ned weiter nochgedenkt un hab oigschlage. Du muschd halt gugge, wo du in schlechte Zeite bleiwe konnschd.

So hab ich donn in dem Zollhäusle von Kapernaum als selbständischer Zöllner ogfange. Ich hab scho immer mol am See Genezareth wohne welle. Ich hab's gnosse – bei aller Ärwed, die ich in der erschde Monat ghabt hab. Do ware zum oine die offzielle Vorschrifte, die ich hab oihalte müsse, – was, warum, wieviel, bei wem un uff welle Sache un Ware de Zoll fällisch is. Schnell hab ich awwer aa von de Kollesche glernt, dass mer alle Vorschrifte aa interpretiere konn, wenn's sei muss un oim in de Kram bassd, also dass mer mit de Leit hondle konn, jo aa muss. Also, do mol e Aag zudrügge oder dort unnerm Tisch ab un zu helinge e Hand offe halte. Du kriegschd en Bligg un e Gschpür for des, was möglisch is un laafe dud. So ich bin hordisch in des Gschäft noigwachse un hab aa en gute Schnitt gmacht.

Awwer die anner Seit vun dere glänzische Medaille is mer erschd allmählisch klor wore. Ich hab's zwar gwießt, dass es so kumme keend, – awwer doch ned mit mir! Es hod dodemit ogfange, dass am Schabbes in de Synagog ich erschd mol scheel ogeguggt wore bin. Donn hod mer mit mir nimmer schwätze un bete welle un schließlich sächd mer zu mer, dass ich nimmer kumme derf, weil ich en große Sünder bin, der wu mit dene heidnische Römer zsamme schaffe dud. Aa mei Nachbarsleit un Freund zeige mer deutlisch, dass se nix mehr mit mer zu du hawwe welle. Alla gut, ich hab des e Weil wegstegge kenne. Awwer es hod doch ziemlisch weh gedu, uff ä Mol so en Außeseiter zu sei, also dehoim zu sei un doch koi Heimet z'hawwe. So hab ich mir mei besser Lewe ned vorgstellt, ehrlisch.

In meim Zollhäusle hab ich nadürlisch immer mitkriegt, was die Leit un vor allem die Durschreisende so alles babble, an Neiischkeite mitbringe un verzähle. Immer öfter war die Red vun so em neie Rabbi, der die Leit begeischdere dud mit seim Redde üwwer Gott un dem seim Himmelreich. Jesus heißt der Wanderpredischer un soll aus dem Städtle Nazareth im Bergland stamme. De wortgewaltische Profet Johannes, eigentlisch en komische Kauz, wege dem awwer sogar die Leit vun Jerusalem kumme, um en predische z'höre, also der soll'n im Jordan gedauft hawwe, sage d'Leit. Als er sisch värzisch Täg in de Wüste uffghalte hod, soll er gege de Leibhafdische gekämpft un gwunne hawwe. Schließlich is er zu uns an de See gkumme. Do soll er e paar Fischer ogsproche hawwe, die dann mit em gange sin. Un donn, so hab ich ghört, soll er erschde Wunner vollbracht hawwe, Kranke heile un so Sache. Was soll ich sage? Ich hab's mit em oine Ohr ghört, aus'em annere is es wieder raus. Egal, mir hod mer jo de rischdische Glaawe abgschproche, ferdisch ab. Ich hab zletschd gar nimmer zughört.

Doch donn hod sisch seller Rabbi e paar Täg bei uns in Kapernaum uffghalte un is aa bei mir am Zollhäusle vorbeikumme mit e paar annere Gstalte. Die hab ich awwer schnell durchgwunke, weil's bei soddische Leit nix zu holle gibt.

Schließlisch is es passiert. An dem Tag hawwe sich unne am See ganz viel Leit versammelt un warte uff den neie Rabbi, damit er se lehre dud. Ich üwwerleg mer noch, ob ich vielleicht do aa mol zuheere keend. Denn ich hab gsehe, wer do alles kumme is. Des sin ned bloß fromme Jude, ne, des is e munter Häufle, was sich do zsamme finde dud, – aa Nichtjude, Fremme un soddische wie misch, die vun de Pharisäer, also vun de ganz fromme Leit, als Sünder aussortiert were. Un all die derfe bei dem neie Rabbi Jesus mit debei sei? Des geht mer durch de Kopp, als ich dabei bin, mei Kass z'mache.

Un dann kummt der Monn uff seim Weg runner an de See an meim Zollhäusle vorbei. Ich loss mich beim Geldzähle ned gern störe, drum du ich aa ned rumgugge un bleib stur weiter hogge. Doch ich merk, wie der Rabbi uff ä Mol langsamer werd un direkt vor mir stehe bleibt. Jetzerd du ich doch mein Kopp hewe un seh in seine Aage. Was sin des for Aage, denk ich noch! Doch do war's scho z'schpäd. Ich seh ned nur die Aage, ich spür e Wärme, e gute Macht, die mich erfülle dud; en starke Wille, der mich pagge dud. Und dann hör ich drei Worte: „Folge mir nach!" Automatisch mach ich grad noch mei Kass zu, steh uff, loss alles liege un stehe un schließ mich dem Jesus o.

Die Kollesche im Zollhäusle sin baff un kriege vor Staune ihr Gosch nimmer zu. „Wer macht jetzerd die Kass?", dud oiner noch rufe. Awwer mir war des so was vun egal.

DIE KASS

So bin ich en Jünger vun Jesus gworre. Mei Lewe hod wieder neu
ogfange. Ob's des Mol des bessere Lewe werd? Ach, des
Gschwätz von dem bessere Lewe, des mer alleweil hawwe welle,
is irgendwie doch verloge. Ich will koi besseres Lewe mehr, ich
will e guts Lewe, des a gut bleibt, wenn's mer mol dreggisch gehe
dud. Denn bei meim neie un gute Lewe weeß ich, dass do oiner
is, der mir Vertraue schenke dud, der mich akzeptiert – so wie
ich bin. Dem sei Liewe wirklich echt is un ewisch halte dud. Bei
dem Rabbi Jesus hab ich des alles gspürt. Desderwege bin ich
sein Jünger gworre un hab's ned bereut. Dass mer später Heiland
zu'em gesagt hod un aa Christus un Sohn Gottes, hab ich damals
noch ned ahne kenne. Awwer ich hab's irgendwie gspürt, als er
mich so ogeguggt un berufe hod.

XV

Geb endlisch Ruh!

D'Stillung vum Sturm

Es war en longe Tag, den de Jesus am scheene See Genezareth verbracht hod. Schun frieh am Morje is es losgange. En Haufe Leit sin zu em gströmt, die ihn sehe un höre welle. Ihn, vun dem se sage: Der is de Messias, mit dem alles besser werre soll. Des Reisch Gottes, so sagt er selwer, hod mit ihm ogfange. So oiner, den muss mer gsehe hawwe.

Em Jesus gfällt's, dass so viel Leit kumme un ihn heere welle. Er hod jo aa was Gut's z'sage. Desderwege nimmt er den Stress uff sich. Un weil's heit viel Leit sin, die sich um ihn drängle, steigt er zum Predische in e Boot. Er dud heit viel Gleichnis verzähle: des vom Senfkorn, vom Sämann un noch e paar mehr.

Noch de Mittagspaus gehe viel Leit wieder fort. Sie hawwe gnug gsehe un ghört, ihr Neigier is befriedischd. Sie kenne jetzerd irgendwie mitschwätze. Awwer die wu bleiwe, kumme ins Gspräsch mit em Jesus, diskutiere un erfahre so noch mehr, was die Gleichnis alles bedeute solle. Jesus merkt, dass er noch viel redde muss, bis bei allene de Grosche fällt. Awwer bei seine eigene Jünger, denkt er sich, do is de Glaawe ans Reisch Gottes scho groß, die hab ich brufe, do wächst was Gutes.

So is es Owed gworre noch dem longe Tag. Un aa en Jesus konn do müd were. „S'reichd mer jetzerd, ich brauch endlisch mei Ruh," sächd er zu seine Jünger, „alla, Buwe, losst uns uff die anner Seit vum See rüwwerfahre." „Gute Idee, Meeschder, des mache mer. Mir hawwe do e paar Fischerboot liege. In des eene steige mir Jünger oi zsamme mit dir, in dene annere kenne noch e paar vun doine treue Ohänger mitfahre."

So werd's gmacht: Leine los, Segel setze un ab geht d'Fahrt. Noch en Blick zum Himmel wegem Wetter. Ha, es werd scho heewe bis mer drüwwe sin uff de anner Seit vum See.

Jesus sucht sich im Heck von dem Boot e Plätzle, wu er sich nolege konn. Er schiebt sich noch eens von dene abgewetzte Ruderkisse unner sein Kopp. Er vertraut seine Jünger un läßt se worschdle. Die hawwe als Fischer des Segle jo druff. Donn dud er feschd oischlofe.

E frisch Windle kummt uff un sie gwinne schnell an Fahrt. Doch, was heißt do e frisch Windle? Vunwege, moin Liewer! Uff ä Mol werd aus dem Windle en mordsmäßige Sturm. Ä Bö jagt die anner. En Starkrege setzt oi. Mit letzschder Kraft kenne d'Jünger d'Segel runner losse un d'Ruder oihole. Alles irgendwie noch Routine, scho mehrfach erlebt un dorchgstanne. Doch jetzerd schwappt aa noch Wasser ins Boot, Welle uff Welle. Wie wild schreie sie dorchenanner un schöpfe wie verrüggt Wasser. Patschnass sin se. E paar kotze wie d'Reiher. Un do kriege aa die Berufsfischer s'Muffesause. Noch is keener üwwer Bord gange. Oder doch? Plötzlich merke se: Wu is denn de Jesus, unser Meeschder? Ja, wu is er denn? A, gibt's denn so ebbes? Hinne im Boot dud er feschd schlofe – wie e Kind, des gschaukelt werd. A heer, der is unser Boss! Der muss doch schpüre, dass do bei uns im Boot de Deifel los is! Warum macht er denn nix?! Drum due se'n ganz hordisch wachrüttle. „Mensch, Meeschder, horch e Mol! Is es Dir schnorzegaal, dass mir do verregge!?", schreie se in ihrer Ängschd un Not.

Doch de Jesus sagt nix zu seine Leit, er will glei handle. Er richtet sich uff, stemmt sich gege den gwaltische Sturm, legt sein gonze Zorn in sei Stimm un briellt in de Wind nei: „Geb endlisch Ruh – un hör uff zu tobe un zu heile!" Glei druff kenne d'Jünger nur noch staune, aa selle Leit in de annere Boot: „Konn so ebbes sei?" De Sturm hod urplötzlisch nochglosse!

Jetzerd die groß Ruh, – e Still, die annerschd uruhisch mache dud. Do war doch was? Ebbes, was se in Todesnöt versetzt hod: Do war alles wie weggebloose, – aa des, was se an beruflische Kenne un Gschick un aa an Glaubensstärk ausgezeichnet hod. Alles weg!

In dere Situation stellt de Jesus zwee Froge an se: „Hej, Männer, warum dud ihr eich so förchde? – Oh, ihr liewe Freund, habt ihr koin Glaawe mehr?"

Zwee Frooge, die was löse solle. D'Jünger solle wieder handle, denke un fühle kenne. Sie solle wieder ihr Sach mache, ihrn Kopp oischalte, nochdenke mit Sinn un Verstand. Un des alles abrunde mit dem Gfühl vun Glaawe un Vertraue, Liewe un Hoffnung. So werd aa bei ihne wieder e gut Ruh oikehre.

Uff die Froge vum Jesus müsse se selwer die richdische Antworte finne. Un des braucht sei Zeit. Noch stehe se unner Schock un stammle wie die annere Leit: „Was is denn des for oiner, unser Herr un Meeschder! Sogar Wind un Meer du em ghorche."

NACH DEM WETTER | RHEIN

En heilsame Schock war des. Sie schlugge ihrn Schreck nunner un denke for sich: Jo, mir nemme uns d'Ruh; in aller Ruh wolle mer dem Jesus vertraue un an ihn glaawe. Sie welle's probiere un mache drum glei ihr nächschdliegend Sach. Mit all dem Gschick un Kenne als Fischer rischde se ihr Boot wieder so weit her, damit se sicher weiterfahre kenne.

Un sie denke in aller Ruh noch un erinnere sich: Wie hod unser Glaawe ogfange? Fischer ware mer un hawwe am Seeufer unser Fangnetz gfliggt. Un do is de Jesus gkumme, hod mit uns gschwätzt un donn zu jedem von uns gsagt: „Folge mir nach!" Hajo, Jesus hod uns grufe un uns vertraut. Es war sei Wort, sei Macht, sei Charisma. Des wirkt un wächst in uns – wie e winzisches Senfkorn, des zum große Strauch im Gmüsgarde werd. So hod's de Jesus doch vorhin in seim Gleichnis verzählt. Un dass mer immer wieder Zweifel kriege, hadere un in höchste Uruh verfalle? Hej, was hod unser Meeschder grad ewe in den große Sturm mit kräftischer Stimm neigrufe? „Geb endlisch Ruh!" Wemmer des rischdisch verstehe, konn er dodemit ned nur den Sturm un d'hoche Welle gmoint hawwe, sondern aa uns mit unsrer üwwerdriewene Ängschd un unserm schnelle Lamentiere. Jesus moint aa uns:

„Geb endlisch Ruh!"

XVI

Sin des wirklisch mei Kinner?

S'Gleichnis vum verlorene Sohn un vum barmherzische Babbe

De Bu is stolz uff sisch. Er, der Kloi, hod's em große Bruder un vor allem em Babbe gezeigt, wu's longgeht: Ich bin doch ned euern Daggel! Ich hau ab un geh weit-weit fort. Ich will euch nimmer sehe. S'Lewe is meender als bloß Schaffe un Mache. Mer muss s'Lewe aa gnieße. Alla, Babbe, her mit de Kohle, mit meim Erwe; ich will's vun de warme Hand! Un du, mei liewes Bruderherz, schaff disch ruhisch weiter krumm un bugglisch. Alla donn, gehabt euch wohl! Er paggt sei Sach – un weg is er.

Er schert sich ned drum, was sich de Babbe denkt un wie's drinne in dem seim Herz aussehe dud. En Vadder un e Mudder due jo ihr Lewe long mitfühle mit ihre Kinner un hawwe ihre Ahnunge, wie's so laafe keend mit ne, ob's gut geht oder ned. Sie froge sich schun als: Sin des noch unser Kinner?! Doch gude Eltere halte ewe ned aus Prinzip de Daume druff: So werd's gmacht, so hawwe mir euch erzoge! Sie kenne zugewwe un hawwe Geduld. Sie drohe ned mit de Fauschd. Ihr Hand is offe un in dere offene Hand liegt was gonz Wertvolles: Vertraue. E Vertraue, des wu en lange Atem hod.

Dass sein Babbe un sei Mamme soddische Eltere sin, des merkt unsern Bu jetzerd noch ned. Er is zu stolz uff sich selwer.

Er kennt noch niemeds in dem fremme Lond, wu er landet.
Drum will er uffalle, damit d'Leit sich sage: Hej, was is denn des
for en coole Typ. Er hod alleweil ebber um sich: Kumpel,
Weiwer, Schnorrer, bessre Leit. Er genießt's, sisch im Mittel-
punkt z'sehe. Er hod jo vum Babbe die Kohle un zahlt alles. Er
sächd sich, connections un e Netzwerk, des is des halwe Gschäft.
Sei Lewe in dem ferne, fremme Land is scho geil.

Doch donn macht's mit ä Mol batsch: alles is futsch, aus un
vorbei. Er liegt im Dreck. Sei Geld is weg, die Freund kenne'n
nimmer, niemeds will mehr mit em zu du hawwe oder gar ihm
helfe. Bloß sein Mage is noch do – un der dud saumäßig knurre.
Zu allem Pech kummt noch dezu, dass grad jetzerd in sellem
Land e Hungersnot herrsche dud.

Unser Bu hod sich ganz schee umgucke müsse. Bleed un bschisse
is alles. Soll er sage, dass er donn Glück im Uglück hod? Weil er
doch noch en Job kriegt? Awwer was for oin! Säu hüte soll er.
Wirklisch en saumäßige Job! Alla gut, er fängt z'schaffe o. Geld
hod er noch koins gsehe. Doch de Hunger is immer noch do un
will un will ned weggehe. Hunger! Er konn an nix anneres mehr
denke. Er konn des Schmatze von seine Säu vor em volle Trog
nimmer höre. Es macht en verrüggd un so falle sei ledschde
Hemmunge. Hordisch störzt er sich über den Trog mit dem
Säufuuder un will des in sich neistopfe. Awwer nix war's.
Annere hawwe uffgebasst un halte'n mit Gwalt zrück: „Hej, was
fällt denn dir oi? Schpinnschd Du? Des is doch verbodde!"

Oh, wie dief is unser so stolze Kerl gfalle. Elendisch steht's um
en, bitter un dreckisch. Er hoggt ganz unne mitts in de Scheiße,
im diefschde Elend.

SÄU | WILDSCHWEINGEHEGE RHEININSEL KETSCH

Elend: Was bedeutet des eigentlich? Elend meent ursprünglich anneres Land, Ausland; d'Fremde, Verbannung, Not un Trübsal. Elend is do, wu ich fremm un ned uffghobe bin – wu mer's dreckisch geht, ewe elendisch.

Unser Bu kriegt des vun de annere z'spüre: Du bischd en Auslänner, hört er. Wu's allene noch gut gange is, als er noch d'Spendierhose oghabt hod, war alles noch gritzt. Awwer jetzerd, wu's bei allene eng zugeht, do denkt jedes zerschd mol an sich selwer un hod Ängschd um sei eiges Sach. Do braucht mer Leit, uff die mer zeige konn: Auslänner, elendischer Kerl, Sozialschmarotzer. So oim genne mir nix, überhaupt nix, noch ned e Mol Säufuuder!

Unser Bu dud sich bsinne. Des mit dem gut Lewe is vorbei, jetzerd geht's um Üwwerlewe! Wu krieg ich bloß en bessere Job her? Do fällt em uff ä Mol sein alte Babbe wieder oi. Der gibt seine Leit, die wu als Saisonarbeiter bei em uff em Feld schaffe due, ned nur e guds Geld, sondern aa noch e gscheits Vesper dezu. Des wär's doch! Ich geh zrück uff em Babbe sein Hof. Doch halt, denkt er sich: Konn ich des noch? Bin ich dort beim Babbe noch dehoim? Do bin ich doch wie en Fremme! Was for Rechde hab ich noch do? Oh jeh, ich bin doch eigendlisch üwwerall en Fremme gworre. Awwer was bleibt mer annerschd noch üwwrisch? Ich bin doch selwer schuld dro. Dodezu muss ich stehe. Ich hab gsündischt gege de Himmel un vor em Babbe. So will ich's sage. Alla gud, ich geh zrück, wieder hoim. Ich will bloß bei der schaffe, sag ich zum Babbe, sunschd will ich nix vun der, ich bin nimmer dein Bu, des is vorbei; dein jüngschde Sohn, den gibt's nimmer.

Wie schwer muss des dem Bu wohl gfalle sei? Wie stolz is er domols ausgezoge, um sei Gück z'mache! Un wie elendisch schleppt er sich zrück: barfießisch, en gscheiterte un gebrochene Mensch, der ned weeß, wu er jetzerd no ghöre dud. Üwwerall is Ausland un Elend.

Was mag awwer sein Babbe in der gonze Zeit gedenkt hawwe? Sein Jüngschde is im Zorn un mit falschem Stolz vum Hof gange. Er weeß ned warum. Was hab ich verkehrt gmacht? Is des wirklich mein Bu, der so ebbes macht? Er hod em doch Liewe un Vertraue entgegegebrocht, so wie aa seim Bruder. So bsinnt er sich immer wieder. Doch er spürt's in sich, dass all die Liewe un des Vertraue, des er seine Kinner vorglebt hod, ganz gwieß ned for umme war. Es sin doch mei Kinner, all zwee.

Un so sitzt an em scheene Dag de Babbe vor seim Hof an em schattische Plätzle un guggt von de Höh nunner ins Tal. Doch was sieht er uff ä Mol in de heiße Mittagsunn do unne uff de staubisch Landstroß? Do laaft doch ebber! Er is noch weit weg. Awwer so wie der laafe dud? Er reibt sich die Aage. Guggt noch e Mol, wardet e bissele, guggt noch e Mol. Ha nee, des gibt's doch ned! Des werd doch ned – des konn doch ned wohr sei – ha doch, ich hab's doch im Gfühl un awwel seh ich's gonz klor. Des konn nur er sei, er muss es sei, moin kloine Bu. Un der kummt immer näher. Jo, wie sieht denn der aus, verschriggt de Babbe. An dem hänge doch bloß noch Lumpe, oh, wie elendisch muss es dem gehe! Un dann gibt's koi Halte mehr für den alte Mann. Er rennt, wie er schun lang nimmer grennt is. Er laaft seim Bu entgege; er schmeißt sich an en no, er nimmt en in die Ärm un gibt em en Kuss. Er is wieder do, ich hab en wieder! Was an Leid un Verbitterung wor, is wie weggeblose. Des Gfühl, des ganz tiefe Wisse um Liebe un Vertraue is wieder ganz do. Die Barmherzischkeit zeigt sich.

Un de überrumpelte Bu kummt gar ned rischdisch dezu, all die Wort, die er sich zrechtglegt hod, brav un demütisch zu sage: Nämlich dass er alles verkehrt gmacht hod, dass er gsündigt hod, dass er nimmer de Sohn sei konn un dass er nur desderwege hoim kumme is, weil er en Job hawwe will un e Vesper dezu.

Doch de Babbe hört bloß die erschd Sätz, dann dud er seim Bu die weitere Demütigunge erspare. Er will seim Kloine, der wu so elendisch aussieht, neue Mut gewwe. Er gibt em e neu Würde un schenkt em sei Lewe neu. Als Zeiche dodefier lässt er'n sei Lumpe abstreife un en schicke Kittel – a was: e Gewand! – oziehe, dezu e Paar ordendlische Schuh an sei Fieß. An sei Hand gibt er'm en Ring, en Familienring. Un seine Leit gibt er de Ufftrag, hordisch des gmästet Käble z'schlachte.

Mein Sohn war tot un is wieder lebendisch gworre, war verlore un is wieder gfunne wore, sächd de Babbe zu allene, mit dene er ofängt, e fröhlisch un luschdig Festle zu feire.

Des gilt's z'feire: die Würde vum Lewe. Jedes Lewe zählt. Des Lewe, des koin Mensche verlore gibt un im Elend hogge lässt. Des Lewe, des aus de Liewe sei Kraft holt, aus de Hoffnung sein Mut kriegt un aus em Glaawe sei Sicherheit un Gwissheit erhält. E Lewe, des mit Vertraue, mit Urvertraue rechle konn un drum koi Grenze fürchte muss. Des also nach vorne naus gugge konn un dodebei aa selle Leit sieht, die newedro sin: die aus bittrer Not gflüchtet sin; Leit, egal was for e Nas sie hawwe, egal was for e Hautfarb oder Religion sie hawwe. E Lewe, des Hass un Gwalt üwwerhaupt ned will, awwer die elendische un traurische Mensche wieder glücklisch un zfriede sehe möchd. S'Lewe zählt, die Würde vun em neie Lewe.

Es is e heiter Feschdle uff em Hof vun dem barmherzische Babbe. Sie esse gut un trinke feschd un so bleibt's ned aus, dass se bal singe un tanze. So ebbes hod's uff dem Hof noch nie gewwe.

Desderwege dud sich aa de anner Bu, de Groß, so arg verwunnere, als er müd un abgschafft vum Acker zrüggkummt. „Hej, was solle denn die Bosse mitts in de Woch? Feire, singe, tanze! Was is'en do los? Des gibt's doch ned! Seh ich rischdisch? Moin foine Bruder, de kloi Gernegroß, is wieder do? Un for den Lump schmeißt de Babbe so e Party? Nee, do konn ich ned mitmache!" Es wird em elendisch vor lauter Wut un Zorn. Er versteht sein Babbe nimmer. Wie verlore bleibt er im Hoftor schdehe.

107

De Babbe kriegt des drin im Haus mit un geht drum naus zu seim Große un sächd zu em: „Kumm doch roi un feier mit uns." Awwer der will ned un kann des ned. Sei gonz elendisch Wut, de ganze Zorn un Groll muss raus: „Mensch Babbe, all die Johr hab ich gschafft wie en Brunneputzer. Ich hab mer nix zschulde kumme losse. Ich bin e oständische Kerle. Ich bin doch ned so wie seller do drin, de Kloi! For den machschd e Feschdle, – awwer for mich un mei Kumpel? Hoschd du do jemols ebbes was rausgrüggt – e Kälble, en Bock oder e paar Hähnsche? Nie un nix! Warum awwer for den do, der sei gonz Erwe uff de Kopp gstellt un for Weiwer sinnlos ausgewwe hod? Der hod's doch nie un nimmer verdient! Nie!"

Es trifft en hart, was de Babbe sich do ohöre muss. Sin des wirklisch mei Kinner? Mei Buwe, die mich ned verstehe kenne oder welle? Nix vun de Barmherzigkeit un dem wahre Lewe, was zähle dud? Er schbürt, dass sein Große sich jetzerd dehoim als en Fremme fühlt. Sei Herz is hart un eng gworre. Wie konn er dem verbitterte Kerle wieder Mut mache? So, dass er nimmer fremdle dud, sondern fröhlisch mitfeire konn. Er soll doch wisse un schbüre, dass d'Würde vum neue Lewe aa for ihn gelde dud. E Lewe, des frei macht, des ned hardherzisch, ned engherzisch is, nee: barmherzisch! Barmherzischkeit un Liewe sin doch de größte Reichtum, den mer hawwe konn.

Un so sächd's de Babbe dann seim Äldeschde un hofft, dass er's verschdehe un akzepdiere konn, – aa die Sach mit dem jünger Bruder. „Gugg, Großer", fängt er o, „alles, was mir ghört, ghört jo aa dir. Un wenn ich reisch bin an Barmherzischkeit, Liewe un Vertrauen, donn is des so viel un so groß, dass jedes gnug devu hawwe konn. Ich konn des teile un teile un es is immer noch gnug do for alle. Dein Bruder, der wu for mich praktisch gstorwe war, der is wieder do, er lebt wieder dehoim bei uns. Des ist doch was! Alla gut, mei Bu, sei fröhlich, hab gute Mut un zeig Vertraue. Du musschd dich ned fremm un ausgschlosse fiehle. Du bischd doch dehoim un ned im Elend. Kumm nei un feier mit!"

Awwer der konn's ned, – noch ned. Schad.

XVII

Pass doch uff!

Vum reiche Monn un arme Lazarus

De Evangelist Lukas hod do e ganz bsunnere Gschicht uff-
gschriwwe. So ähnlisch is'se scho im alde Ägypte verzählt wore.
De Lukas hod dodevu ghört, im Sinn vum Jesus driwwer
nochgedenkt, sie e bissele umgschriwwe un in sei Evangelium
uffgnomme.

Oh, was hod seller reische Monn sei Lewe genosse! S'Beste
warem ned gud gnug. Er hod's allene gezeigt: Ich hab's un
konn's mer erlaube. Koiner konn sage, dass ich mer irgendwas
z'schulde hab kumme losse.

Vor seiner Villa liegt en gonz arme Schlugger. Irgendwie is er
dort glandet wie Strandgut ohne Wert: Krank, kraftlos, e Wrack
vun em Mensch. Er konn sich ned e Mol gegen die herum-
streunend Hund wehre, die sei Gschwür un Eiterbeule ab-
schlegge due. Igittigitt! Die Hund galte jo domols als so was vun
uroin. Aus em Dreckoimer hod er sisch ernährt, mit Abfäll wie
d'Brotkrume, mit dene sisch die Reische im Haus drin noch ihre
Gelage d'Händ abgebutzt hawwe. So war's domols: Brot statt
Serviette. Geld hod er an der Tür, wu er glege is, kaum bettle
kenne. Der reische Monn un sei Gäst hawwe immer en andere
Oigang gnumme.

Die zwee so ugleische Nochbere hawwe sisch nie rischdisch gsehe: de reische Monn ohne Nome un de arme Monn mit Nome. Un seller is in de Gschicht ganz bwusst so gwählt worre: Lazarus – Gotthilf, so uff deutsch.

Un donn sterwe all zwee zur gleiche Zeit. De Reische gibt sein goldene Löffel ab, de Lazarus hod gar nix zum Abgewwe. Mit ihrm Tod is awwer alles annerschd gworre. Vun rer pompöse Leich werd nix verzählt; bei so viel Reischtum häd mer's erwarte kenne. Und wurde begraben, heißt's korz un bündisch. Awwer was vor'n heilische Uffwand degege beim arme Lazarus: Er wurd von de Engele getragen – bstimmt hawwe se dodebei aa gsunge – bis er in Abrahams Schoß war, an dem Ehreplatz zur Reschde vum Abraham. Sellen hod mer als de Vadder vun de Gläubische un als Bschützer vun de Gerechte ogsehe.

Zwische dem reische Monn un dem Abraham gibt's bal en hefdische Disput. De Reische konn vun seim Platz in de Höll e bissele nüwwerspickele in die ognehmere Abteilunge vun de Totewelt. Insgsamt drei Mol dud er sich in seiner Qual un Not an de Vadder Abraham wende, un drei Mol were sei Bitte rischdisch abgebörscht. Des wor nei for den in seim Lewe verwöhnte Kerl.

De Lazarus is im Prinzip raus aus der Gschicht. Er lässt sich still verwöhne an de Seit vum Abraham.

In de Höll spielt sich jetzerd alles ab. Was, die Höll? Jo, so steht's in de Lutherübersetzung for des griechische Wort hades. Annere Übersetzer sage dodefür Unnerwelt. Oder annerschd gsagt: Mir sin in de Totewelt, im Reisch vun de Tote. Des is so e Art vun Zwischelager, wu sich all die Verstorbene uffhalte bis zum

Jüngste Gericht, bei dem donn awwer jedes üwwer sei Lewe vor Gott dem Herrn Recheschaft ablege muss. Wie gesagt e Zwischelager – ned Endlager. Noch de Details frooge mer liewer ned; die Hölle mit all dene schreckliche un falsche Bilder losse mer bleibe.

Lukas stellt sisch des Reisch vun de Tote ganz unermesslich groß, weiträumisch un mit verschiedene Abteilunge vor. Mer keend sisch do verlaafe. Doch des is üwwerhaupt ned möglisch. Denn mer konn ned vun de eene in die annere Abteilung wechsle, aa ned ewe mol hordisch so uff Bsuch: also vum Heiße ins ognehm Kühle, vun de Böse zu de Gute, vun de Dorschdige zum Brunnewasser. De ehemals Reische kann zwar e bissele rüwwerspickele zu dem ehemals arme Lazarus. Awwer dass seller mit de Fingerspitz hordisch en Troppe Wasser rüwwerschnipple keend uff die trockene Zung von seim alte Nochber: Nee, des geht ned. Do is e zu große Kluft, e Rüwwer-un-nüwwer-Schlawenzle gibt's do ned.

Dem dorschdige Reische gfällt's in seiner Abteilung üwwerhaupt ned. Er war jo bisher aa was anneres gwöhnt. Es is em peinlisch un ärgerlisch. Drum versucht er, mit em Abraham z'handle. Der hod jo selles Mol aa mit em Herrgott rumgmachd, als es um sein Neffe Lot in Sodom un Gomorra gange is.

Bei dem jetzerd arme Monn hod in de Totewelt e Umdenke un Nochdenke ogfange. Er probiert's erschd Mol uff d'fromm Tour: „Vadder Abraham, erbarm dich meiner." Es konn jo nix schade, wemmer sisch an bewährte religiös Formle vun seim Kinner-glaawe erinnere dud. Er kann awwer dodemit beim Abraham ned lande; die billisch Tour läßt seller ned durschgehe: „Nee, moin Liewer, des mit dem Troppe Wasser, des konnschd

112

vergesse." Immerhin is d'Sprooch vum Abraham verbindlisch im Ton: „Denk dro, Sohn, dass du dei Guts empfange hoschd in deim Lewe."

Pass doch uff, will er dodemit sage. Prüf doch endlisch dei Gwisse! Du hädschd doch gwiess aa annerst lewe un handle kenne. Sohn, sächd er un schließt dodemit ned aus, dass seller Reiche immer noch zum Volk Gottes dezu ghört. Gott gibt en ned verlore.

Un der faschd verlorene Sohn prüft wirklisch sei Gwisse. Ha, eigentlisch hod de gute alte Abraham jo reschd. In d'Religions- schul simmer all gange, geht's em durch de Kopp. Wie hod des noch gheiße? Schema Israel, höre Israel: Dass du Gott liewe soddschd un ihm diene, un dein Nächste liewe wie disch selwer; die ganze Gebot halte, die Vorschrifte vom Mose un des ganz Gelaaber von de Profete. Dass mer religiöse Pflichte hod: Barmherzischkeid üwe, Hochmud un groß Protzereie bleiwe losse, de Zehnte abgewwe for die Arme, un so weider un so fort. Doch, was dud mer vun dem bhalte, was mer in de Jugend so alles glernt hod? Mer konn sisch ned mit allem vollpumpe bis zum geht ned mehr. Alla hopp weg mit dem, was s'Lewe schwer un umständlisch macht. Ich will gnieße, an de Augenblick und an mich selwer denke. Jo, so hab ich doch gedenkt. So hab ich glebt. Noch auße hi hab ich mir nix zschulde kumme losse. Awwer jetzterd weeß ich meender. Mei Schuld! S'Schicksal hod sisch gedreht. Ich spür's am eigene Leib, bei Gott!

Mei Brüder, so fällt's em plötzlisch oi, o Gott, mei jünger Brüder! Fünfe sin's, for die ich als Älteschder e gut Stück Verantwortung hab, seit unsern Babbe tot is. Dene konn un muss ich helfe. Ich muss se warne, demit se ned desselwe erleide müsse, wie ich's an dem verdammte Ort durschmach. De Abraham soll den Dingsdo – wie heeßt er noch? – jo, den Dings, den Lazarus, den soll er hordisch in mei Haus hochschicke un der soll mei Brüder warne, zur Vernunft bringe, zum Nochdenke, – egal was, ebber muss se so verschregge, dass se ihr Lewe ännere due. Ein guter Plan, denkt er bei sisch.

Awwer als er des dem Abraham als Bitt vortrage dud, lässt der en zum zwette Mol ganz cool abblitze: „Sie hawwe Mose un die Profete; uff die solle se horche. Basta."

In seiner diefste Not un Ängschd schreit er zum dritte Mol um Hilf: „A donn schick doch um Himmels wille oin vun dene Tote nuff zu meine Brüder! Dann müsse se uffwache un Buße du." Awwer de Abraham bleibt stur: „Des bringt's aa ned, moin Liewer. Wenn ebber von de Tote uffersteht, – ha, des is doch nur e Show for d'Leit, en geile event, e Strohfeuer, morje wieder vergesse – so wie de Mose un die Profete."

Unser Gschicht hod koi Happyend. Awwer passe mer doch uff! Bei offene Froge kenne mer Antworte suche. Mir finde se in de Biwwel. Die Zehn Gebote gewwe uns Hilfe, Weisungen un Werte for unser Lewe un zeige uns Grenze. In de gonze Biwwel höre mer immer wieder von de unendliche Liewe Gottes, die mer erwidere un mit annere z'teile hawwe. Un aa die alde Lieder in unserem Gsangbuch singe dodevu. Gott is do gnau. Er will, dass mer ihm ghorche un Hörer wie aa Täter vun seim Wort sin.

Lazarus – Gott hilft. Pass doch uff: Gott hilft uns zum Glaawe un sein gute Geist erhält uns im Glaawe. Er is unser feschde Burg.

LUTHERZITATE | EVANGELISCHES GEMEINDEZENTRUM BRÜHL

XVIII

S'Ledzschde gewwe

S'Scherflein vun de Wittfraa

Jesus hoggt im Tempel vun Jerusalem. Was is do for e Gwussel: Singe dun se un bete, blärre un schreie. Vun üwwerall sin die Pilgerleit zsammekumme, um s'Passahfeschd z'feire. Was for Düft streiche durch all die heilische Halle! Do kumme Rauschschwade vun de Opferaltär, dezu werzische Weihrauch un feine Öle; awwer aa vun all dene schwitzische un dampfende Leit kriegt mer mehr als e Nas voll mit. S'bralle Lewe is im Gang. Un alles, um Gott zu lowe un zu danke, zu bitte un zu preise, zu opfere un sei Glübde zu erfülle. De Jesus ist ned de Oinzische, der wu die Gegeward Gottes mit all seine Sinne wahrnemme un aa genieße dud.

Mitts drin hoggt also de Jesus un will e bissele Luft schnappe; denn es war viel, was er in de ledzsche Täg in Jerusalem un in Betanien erlebt hod.

Er is in Jerusalem oigezoge uff em Esel, sei Fans sin schier ausgflippt, hawwe Hosianna gschriee un ihn zum messianische Keenisch hochgjubled.

Am Tag druff macht er Rambazamba im Tempel, weil's ihm do zu wenisch Bethaus is un zu viel Räuwerhöhle, wu Gschäfter gmacht were.

Er wurd gfrogt, ob's denn eigendlisch rischdisch is, dass mer an de Kaiser Steuer zahle dud. „Gebt em Kaiser, was em Kaiser ghört, un Gott, was Gott ghört", war sei Antwort druff.

D'Schriftglehrte hawwe als noch weiter gbohrt. Was denn s'höchschde vun allene Gebote sei, wolle se noch wisse. Un Jesus sagt ne des Dreifachgebot von de Liewe uff, des wu scho jedes jüdische Kind als Glaubensbekenntnis auswendisch lerne muss, des „schema israel" – Höre Israel: „De Herr, dein Gott sollschd du vun ganzem Herze liewe un aa dein Nächschde liewe wie disch selwer."

Jo, es geht em Jesus mansches durch de Kopp, wie er so dohoggt. Seit er Galiläa verlosse hod un jetzerd owwe in Jerusalem is, spitzt sisch alles zu. Er weeß, dass er viel leide un noch Schweres ertrage muss. Er spürt sein baldische Tod. Gott will's so hawwe. Er muss sisch opfere for all des, was d'Mensche vor Gott an Schuld uff sisch glade hawwe. Friede mit Gott solle alle Mensche wieder hawwe, – Friede dursch ihn.

Noch hoggt er do im Frauevorhof vum Tempel, gnau do, wu dreizäh Opferkäschdle uffgstellt sin. Wie Posaune sehe die aus. Wer was opfere will, muss sei Geld vorher oim vun dene Priester zeige. Der prieft, ob alles rischdisch is, nennt laut de Betrag un donn derf mer sein Obulus in den oder in selle Kaschde neischmeisse.

Jesus hoggt do, guggt zu un er hört aa, wieviel Geld d'Leit opfere. Die Summe sin unnerschiedlisch groß. Viele von dene reiche Leit mache viel locker. Warum aa ned.

Donn awwer kummt e Fraa, der mer schun vun weitem osieht, dass se ned zu de Reische zählt. Sie is arm, bettelarm. Es is e

117

Wittfraa, die do zsamme mit de reische Leit un de Normalverbraucher ihr Opfer vor Gott bringe dud. Sie fällt scho uff un irgendwie aus em Rahme mit dene Fetze, die se ohod. Doch des schert selle Wittfraa ned.

E bissele scheu is se scho, wie se so vor em Priester stehe dud. Awwer es geht was vun rer aus: e Würde, die rer Halt un Haltung gibt. E Würde, aus der mer de Glaawe un des Vertraue vun seller Fraa ablese konn, un aa die Liewe Gottes, vun dere sie sich getrage weeß, un de Friede, den se in Gott hod. Trotz allem, was se in ihrm Lewe an Höhe un Diefe hod durschmache müsse, is rer s'Vertraue zu Gott gebliwwe. Mit so ner diefe Würde geht se zum Priester, zeigt ihr Opfer, sächt „zwee Scherflein" un legt se in de Gotteskaschde. Sie greint un jommert ned, sie guggt aa ned um sich. Sie hod Gott Dank geopfert. Des is for sie nix Bsunneres. Des dud mer oifach.

Doch halt e Mol! Bloß zwee Scherflein? Des is doch grad zwee Penning, een Cent! Do hört mer jo faschd nix, wie des Geld neifalle dud: koi Scheppere oder Blotze. Denn des is koi Silwer, Gold oder Bronze, des is Blesch, ganz billisches dünn Kupferblesch. De ledzschde Dreck vun Geld, wu's üwwerhaupt gewwe dud.

De Priester, der des Opfer kontrolliere muss, verzieht koi Miene, als er des schäbisch Opfer in de Händ hod. Er kennd wohl selle alte Gschicht, die mer sich verzählt hod. Sie geht so: Do hod e Mol en Priester des bscheidene Opfer vun rer arme Fraa als Beleidischung Gottes zrückgwiese. Dodruf werd er im Traum vun Gott hefdisch zsammegstaucht: „Hej, du Schlaumeier, selle Fraa hod mehr als gnug gewwe, sie hod ihr Lewe dargebrocht. Merk der des!"

DANKOPFER | EVANGELISCHE KIRCHE BRÜHL

Jesus hoggt do, guggt zu, hört alles un denkt noch. Es werd em aa selle Gschicht in de Sinn kumme sei. Un er schpürt die Würde, die vun dem bscheidene Frääle ausgeht.

Er weeß, dass er jetzerd was sage muss. Drum rieft er hordisch sei Jünger zu sisch. Als se all do sin, bleibt er immer noch hogge. Er macht des ganz bewusst. Denn er sieht sisch jetzerd in rer ganz bstimmte Funktion: Als Richter muss er spreche; er sitzt zu Gricht.

119

Ganz feierlisch sin die Wort, mit dene er ofängt: „amen lego hümin" so uff griechisch – „Wahrlich, ich sage euch."

„Amen, jetzerd passd gnau uff. Guggt eich selle Wittfraa o. Dass se bettelarm is, seht jedes. Awwer sie hod mehnder in de Gotteskaschde neiglegt als alle annere zsamme. Denn die annere, dene is es leicht gfalle, die hawwe gnug zum Lewe, mehr als gnug. Awwer die Wittfraa, die hod mit ihre zwee Scherflein alles hergewwe, was se noch ghabt hod, ihrn gonze Lewensunnerhalt. Wahrlisch, sie hod s'Ledzschde gewwe. Sie hod dodemit ihr gonz Lewe mutisch Gott overtraut. Die fürsorglich Liewe Gottes: Des is ihr gonz Hoffnung. Die glebt Nächsteliewe: Des is ihr praktisch Vertraue. Un all des zsamme gibt rer die Freiheit, ihr Ledzschdes z'gewwe.

Heitzutag s'Ledzschde gewwe? Dodebei konn ich schwach un arm sei wie selle Wittfraa. Oder ich konn stark un selbstbewusst sei un geb aus Dankbarkeit in bstimmte Situatione mei Ledzschdes, alles was ich entbehre konn.

XIX

Mer muss sisch bloß zu helfe wisse

Zachäus

Als Bu hab ich misch als gfroogt: Wie is der Zachäus uff den Maulbeerboom nuff kumme? Hot dem oiner s'Boomleiderle gmachd? Wahrscheinlich ned! Er hod sisch awwer bstimmd sei Hos oder sei Hemm verrisse, weil er abgruschd is beim Nuff-krabble. Er war jo en Zwuggel vun em Kerl un gwieß aa dick.

En Zwuggel vun em Kerl, awwer en Ries, wenn's drum gange is, Gschäfter z'mache un viel Geld zu verdiene. Zachäus war en Zöllner, sogar eener vun de Owwerste. Also eener, der wu mehr vun hinne un owwe die Sache gedeichselt hod un zwar so, dass er mehr als gnug in sei eige Dasch hod neiwertschafte kenne. Denn er hod gnau gwußt, was er im römische Steuer- un Zollreschd vun domols hod derfe un was ned. Un so hod er d'Leit vun hinne bis vorne bschisse.

Beim Zachäus war's jetzerd uff ä Mol so, dass er sisch gsagt hod: Du derfschd dir zwar einiges erlaube, awwer was bringt's? Du bischd reich, hoschd e schee Häusle; awwer in dem bischd' alleweil meischd älloi. All des muss er wohl long for sich simeliert hawwe. Zachäus, du stehschd dumm do; so konn's ned weiter gehe.

Un do hod er ghört, dass seller Jesus in sei Städtel Jericho neikumme soll. Vun dem hod er scho monsche Sache mitkriegt: Kranke un Aussätzige hod er gsund gmacht; Blinne solle wieder sehe kenne. Er dud predische un verzähle, dass Gott in seiner Lieb niemeds uffgewwe dud. Er will ewe grad des Verlorene bsunners suche: E Schof, en Grosche oder en Sohn, der sisch in seim Lewe verrannt hod.

Uff ä Mol werd de Zachäus gonz hibbelisch, er weeß ned warum. Den Jesus sehe: Ha, schade keend's ned. Jo, ich will den sehe! Ich hab doch aa irgendwie en Glaawe.

Dumm derf mer sei, mer muss sisch bloß zu helfe wisse! Dei Lewe is bis jetzerd eigendlisch dumm gloffe; du stehschd do wie de Ochs vorm Scheiredoor. Alla, mache mer en erschde Schritt in die anner Rischdung.

Un des machd er aa. Er fängt z'laafe o un zwar do no, wu de Jesus vorbeikumme miessd. Heidenai, wie konn ich den rischdisch sehe bei dene viele Leit, die all greeßer sin als ich. O prima, uff den Boom do krabbelschd nuff! O je, wie denn, so hordisch! Schun long her, seit mer als Buwe soddische Sache gmacht hawwe! Oh, Sch... ! – abgruschd! Ned uffgewwe, sächd er sich. Oh, awwel – Gott sei Dank! – grad noch gschafft. Un so hoggt er do owwe uff em Boom, dud nach Luft jabbse un driggelt sisch mit em Diechle de Schweiß vum Gsichd.

Dumm derf mer sei, mer muss sisch bloß zu helfe wisse. Hilf der selwer, so hilfd der Gott!

Awwer wie er jetzerd do owwe uff em Boom hogge dud, do falle dem Zachäus faschd die Aage aus em Kopp. Er sieht uff ä Mol Leit un Sache, die wu er vorher gar ned hod sehe kenne oder welle. In seim Kopp fängt's z'raddere o. Un er konn sisch gar ned vorstelle, wie des alles soll weitergehe.

GUTE SICHT | BAUM IM RHEINFELD BRÜHL

Un wie's dem Zachäus noch ganz dormelisch is, bleibt unne an seim Boom de Jesus stehe. Grad so. Er stehd do, guggt nuff un

123

sächd zu dem verdadderde Kerl: „Hej, Zächäus, steig hordisch runner vun deim Hochsitz, denn ich muss noch heit in dei Haus oikehre!"

Hod er sisch verheerd? Was hod er g'sagt – zu mir, dem Zachäus? Runner vum Boom – nei in mei Häusle?! Es geht em nunner wie Öl. Des is koi dumms Gebabbel. Des isses, uff des er irgendwie gwarded hod; – wu er in sich gspürd hod; – so was brauch ich e Mol, damit's mit mir annerschd werde konn. Des is mei Hilf! Jetzerd stehschd' nimmer do wie de Ochs vorm Scheiredoor. Do machd sich mir mehr als e kloi Dörle uff, en neie Horizont öffnet sisch, e gonz nei Lewe liegt vor em.

Gonz hordisch krabbelt de Zachäus wieder nunner vun dem Boom. Un sei Aage, die em ewe noch schier aus em Kopp gfalle sin, die voller Ängschd irgend ebbes gsuchd hawwe, sin jetzerd gonz glänzisch un sprühe vor Eifer, Freud un Glückselischkeit.

Zurück in seim Häusle – a was, e Villa is es – scheichd er sei Leit, denn so en Gaschd wie de Jesus will empfange sei, do muss was Gscheids uff de Disch.

Als se donn alle am Disch hogge, dud vor allem de Jesus d'Gmoinschaft genieße, die do jetzerd entstanne is. Dass do vor de Villa a paar Leit stänkere un zwar desderwege, weil de fromme Jesus zu so em Halsabschneider un Sünder nei gange is un sisch's do drin gut gehe lässt, des dud de Jesus ned störe. Was er im Sinn hod, is doch des: Nämlisch, dass dem Zachäus, der wu nimmer weiter gwußt hod, gholfe werd, so dass dem sei Lewe wieder heil were konn. Aa so eener wie de Zachäus is Abrahams Sohn un e Kind Gottes. Drum hod er den Zachäus von

124

dem Boom runner gholt un wieder noigholt in die groß Gmeinschaft vun de Liewe Gottes, die allene gilt.

Un aa de Zachäus dud des Ganze in seim Häusle un an seim Disch genieße. Ohne dass do große Wort gwechselt were, hod er nämlisch was for sich bschlosse. Wie er do owwe uff em Boom ghoggt is, des geht em ned aus'em Sinn. Er hod de owwe die Leit gsehe, dene er z'viel abgeknöpft hod; arme Leit sind's. Was hab ich noch an urechte Sache gmacht, denkt er sich – Sache die zwar legal ware, awwer doch verkehrt? Er weeß gar nimmer alles.

Er bsinnt sisch und erinnert sisch an des, was er als Bu in de Religion glernt hod un was er vum biblische Glaube mit seine Gebote noch weeß: Wer was gstohle hod, der gibt's wieder zrück – zweefach oder aa vielfach.

Alla gut, des mach ich, denkt er sisch, un sächd laut zum Jesus: „Ich du d'Hälft vun meim Vermöge an arme Leit verteile. Un die, wu ich bschisse hab, kriege's vierfach zrück!"

Jetzterd steht de Zachäus nimmer dumm do. Durch die Gmoinschaft mit Jesus is er klug gworre, weise un reif for die Liewe, breit zur Versöhnung. Jo, ihm un seim gonze Haus is Heil un Heilung widerfahre.

XX

Bartimäus muss jetzerd saumäßig brielle

De blinne Bartimäus

De blinne Bettler Bartimäus hoggt Dag for Dag an seller Stroß, die wu vun Jericho nuff noch Jerusalem geht. En Mantel dud en schütze bei Wind un Wetter. Er konn sich awwer aa drunner versteggle, wenn er's nimmer höre konn, was manche Leit so saudumm babble üwwer all die dreckische Schmarotzer am Wegrand. Er sieht zwar nix, awwer er spürt d'Blick vun dene. Er schämmt sisch, dass er als Blinner bettle un am Rand vun de Gsellschaft lewe muss. Er is en Ausgstoßener un als soddischer derf er mit de annere Leit zsamme weder bete noch Gottesdienst feire. Warum? Ich konn doch nix defier, dass ich blinn gworre bin!

Die Woch werd er wohl e paar Münze meender in seim Schälsche finne. Gonz viel Leit sin uff de Stroß unnerwegs. Die welle alle s'Passahfeschd in de heilische Stadt feire: drowwe uff em Berg Zion, in de Stadt Davids, im prächtische Tempel. Oh, was gäb er drum, die Reis noch Jerusalem mitz'mache.

Monsches Johr hoggt er schun an seim Plätzle. Er hod do mitkriegt, was die Leit so alles verzähle von ihrer Reis. Die Pilger flippe faschd aus, wenn se vom Tempel, dem Haus Gottes schwärme un singe:

Wie lieb sind mir deine Wohnungen, Herr Zebaoth.
Meine Seele verlangt und sehnt sich nach den Vorhöfen des Herrn;
mein Leib und Seele freuen sich an dem lebendigen Gott.
(Psalm 84, 2.3)

Er kennt die Psalme. So gern däd er mitbete owwe im Haus Gottes.

Nadürlisch kennt er aa all die Hoffnunge, die mit em Messias un Erlöser verbunne sin. Aus em Stamm Isais soll de neie, große Keenisch kumme – en Sohn Davids, uff dem de Geist des Herrn ruht. Wie wär des schee, wenn ich, de blinne Bartimäus, des noch erlewe keennd.

Er hod jetzerd mitkriegd, dass es bei de Pilger wie aa unner de Leit vun Jericho nur ä Thema gewwe dud: de große Rabbi Jesus aus Galiläa. Der is grad in Jericho drin un will mit seine zwölf Jünger un noch viel annere nuff nach Jerusalem, um do s'Passahfeschd z'feire. Was se alles vom dem verzähle! Preddische dud er mit Gleichnisse aus em Alltag. Zeiche un Wunner soll er mache: Blinne sehe, Lahme gehe, Leprakranke were gheilt, sogar Tote solle ufferstanne sei. Un grad geschterd, so verzähle se, soll er in de Stadt drin den Boss vum Zoll, den Owwerschlawiener Zächäus, in dem seim Haus bsucht hawwe. Seller war dodevu so begeischterd, dass er gsagt hod, ich werd en bessere Mensch un du desderwege all die Leit, die ich bschisse hab, vierfach entschädige.

Was is des for eener, seller Jesus? Er wird bewunnerd un verehrd von de Leit. Hoffnunge un Wünsch were uff en projiziert.

Es liegt was in de Luft. Werd er die alte biwwlische Verheißunge fürs Volk Gottes erfülle, Israel erlöse un d'Römer aus em Land rausschmeiße? Die groß Froog is: Was will er jetzerd in Jerusalem drowwe mache? Es wird gmunklet, dass er de erwartete Messias sei soll. Awwer keener will so rischdisch raus mit de Sprooch.

Bartimäus hod wie immer sei Ohre gspitzt. Er saugt alles in sich uff wie en trockene Schwamm. Long hod er sich bsunne un donn dud er uff ä Mol alles gonz klor sehe: Der Monn Jesus is vun Gott gschiggt wore. Un der is mei Hoffnung, mein Glaawe un mei Chance.

Um sei Plätzle rum werd's jetzerd arg eng un laut, s'werd gschobe un gedrüggt. Bal kriegt er mit, dass do in der groß Meng de Jesus sei muss. Wu gnau is er denn? Wie konn ich mit em Kontakt kriege? Schnell merkt er: Bei dene viele Leit hilft nur noch brielle, saumäßisch brielle.

Des macht er donn. Er lässt en Brieller los wie en Dunderschlag. E Krächze is es voll Verzweiflung: „He, du! Horsch e Mol! Jesus, du Sohn vum David, hab Erbarme mit mer!"

Die Leit könne's erst gar ned verschdehe. Sie höre nur s'Kreische un welle den Grageeler ruhisch stelle: „Hald d'Gosch!" Doch de Bartimäus schert sich ned drum, er is grad in Fahrt un legt noch en Zahn zu: „Jesus, du Sohn vum David, hab Erbarme mit mer!"

Doch donn kapiere d'Leit un vor allem d'Jünger, mit welle Wort seller Blinne ihrn Herrn un Meeschder orede dud: Jesus, du Sohn vum David!

So ebbes! Des hod noch koiner so offe gsagt. Un wer hod's gmacht? En blinne Bettler, en Ausgschlossene, den mer gern üwwersieht am Stroßerand. Soll so oiner dorchbligge?

Doch wege dem Kerle bleibt de Jesus stehe. Er hod den Grischer noch ned gsehe. „Schickt en Mol her zu mer", sächd er. Un all sin gspannt wie en Flitzeboge, wie's weitergeht. Werd sich Jesus erkläre un sage: Jawoll, seller Mann do hod reschd: Ich bin de Messias. Oder werd er'n runnerbutze un sage: Was fällt denn dir oi, so ebbes z'behaupte! Oder gibt's wieder e Wunderheilung vun dem Heiland un Rabbi? D'Leit rechle mit allem.

De Bartimäus hod des ned gonz mitkriegt. Er is noch so was von hibbelisch. Doch selle, die wu en ewe noch gheiße hawwe, sei Gosch z'halte, rufe'n jetzerd un rede uff en oi: „Ruhisch Blut, es werd alles gut; steh mol uff, de Jesus schiggt noch der."

De Bartimäus is wie elektrisiert. Zerst schmeißt er sein Mantel hinner sich, er braucht en nimmer. Befreit springt er vun seim Plätzle uff, streckt sei Ärm aus, ums Gleischgwicht z'halte un tastend sein Weg no zum Jesus z'suche. Es fällt em leichter, weil d'Leit ihm e Gässle mache. So kummt er no zum Jesus un steht mit Herzbubbere vor em.

Sie stehe sich gegenüwwer. Jesus spürt un sieht, dass der so erbärmlische Bartimäus e Hoffnung un en Glaawe hod un sei Chance nutze will. Drum stellt er'm die oifach un klor Froog: „Sag mer bitte, was ich for dich du soll?"

Er froogd ned herablassend: Na, moin Liewer, wo drückt denn uns de Schuh? Es klingt so, als ob en Diener vun seim Herrn en Befehl oihole dud. Jesus will de Diener sei for de blinne Bartimäus. Er will vun em wisse, uff was er hoffe un an wen er

129

glaawe dud un welle Chance er nutze will. Der antwortet donn treuherzisch, ruhisch un doch bstimmt: „Rabbuni, ich will wieder was sehe kenne."

Mehr braucht er ned z'sage. Es is jo schun s'Wischdigschde gsagt un gedenkt wore. E still Oiverständnis bsteht zwische ihm un Jesus. Drum braucht de Jesus ned mehr z'sage als: „Geh weider, doin Glaawe hod'er gholfe." Es is en Glaawe, der wu Berge versetze konn un drum aa Blinne wieder e eige Augenlicht gibt.

De Bartimäus sieht jetzerd sein Weg. Er is dankbar, glücklisch un zfriede. Er derf drowwe in Jerusalem all die Psalme bete un d'Lieder mitsinge, aa gonz leis: „Herr, ich habe lieb die Stätte deines Hauses und den Ort, da deine Ehre wohnt."

Er fasst donn noch en spontane Entschluss: Ich will meim Herr Jesus nochfolge.

XXI

De Kephas dud üwwer's Wasser dänzle

Simon Petrus

Im Dunschd, der noch üwwer dem See Genezareth liege dud, kann mer die zwee Fischerboot, die ewe rausfahre, grad noch sehe. Die erschde Sunnestrahle blinzle am Horizont. En Monn schleppt sisch mit ledzschder Kraft ans Seeufer, fällt uff sei Knie, schmeisst sich zwee-drei Händ voll Wasser ins Gsichd un trinkt aa paar Schlugg. Er löst sei Sandale un kühlt sei brennend Fieß im See. „Gott sei Dank, gschafft! Wieder dehoim in Galiläa, am See. Mei Flucht hod e End."

Gonz in de Näh liegt en Baurehof, uff dem sisch en Giggler mit em kräfdische Krähe melde dud. „Nee, um Himmels wille nee, ned schun wieder", murmelt de Monn mit kraftloser Stimm un hält sisch beide Ohre feschd zu. „Ich konn's nimmer höre." All die Sache, die er in de ledschzd Woch drowwe in Jerusalem erlebt hod, plooge'n immer noch.

Im Wasser sieht er en große runde Stoi. Er holt en sisch raus un dud en mit beide Händ feschdhalte. Sei Aage schweife korz üwwer's Wasser un er konn in de Fern noch die zwee Fischerboot erkenne un muss müd lächle. „Fischer, jo, des bin ich doch", bsinnt er sisch un sei Gedanke fange o, sisch e bissele z'ordne.

TURMHAHN | SCHUTZENGELKIRCHE BRÜHL

„Kephas", so murmelt er for sisch no un drüggt den gaddische Stoi feschd an sich. „Jo, den aramäische Nome Kephas hod mer de Rabbi Jesus domols gewwe, als er den Zwölferkreis vun Jünger um sich gsammelt hod. Außer mir war do noch en zwette Simon, de Kananäus, ich war de Simon Kephas. Die lateinisch un griechisch schwätzende Leit üwwersetze des mit Petrus, Fels, – egal. Awwer ich weeß, dass Kephas en bsunnere Stoi is, so was wie en Edelstoi. Jo, des hod wohl de Jesus in mir gsehe un von mir aa erwarded – was Bsunneres. Alla gut, ich hab schun mei Maul uffgrisse un gsagt, was Sach is. Ich hab s'Vertraue vun meim Herr un Meeschder ghabt, hab als als Erschder e Ahnung ghabt von dem, was er verkündische dud un vorhod, – vum Reich Gottes un so, aa dass er de Erlöser un de long erwardede Messias is. Un was hab ich gmacht, als es druff okumme is drowwe in Jerusalem? Nix als Scheiße! Hab erschd groß Gedöns gmacht un donn sei Vertraue missbraucht, hab en feig verrote un bin abghaue wie die annere Jünger aa. Mir Mannsleit hawwe's vermasselt, – koin Mumm dehinner, – nur d'Weibsleit sin noch treu zu Jesus gstanne." De Stoi rutschd em aus de Hand un er schläft erschöpft oi.

Es werd koin ruhische Schlof. Immer wieder zuggt er zsamme un dud wie wild schreie, weil Fetze vun Erinnerunge ihn pagge un ploge.

Mensche will er mit seim Bruder Andreas fische, awwer er kann koine fange, weil die Netz zu große Löcher hawwe. Immer wieder krächze un krähe gonze Heerschare vun Giggler dorchenanner. Er verbrennt sisch sei Finger am Feuer un d'Fraue lache'n desderwege aus. Jesus legt sein Arm vertrauensvoll um en un zwingert mit de Aage. Muss des sei, is des ned de Satan?

134

Er will redde, kriegt awwer koin Ton raus. Er will losrenne un fliehe, kummt awwer ned vum Flegg. Fluche dud er wie en Brunneputzer un brielle wie en Ochs. Un wieder kräht en Giggler.

Es is awwer de Giggler vum Baurehof newedro, der en wegge dud. Es braucht e Weil, bis er sisch wieder sordiert hod un dorchbligge konn. „Ich muss weiter – noch e bissele um de See rum, hoim in mei Haus", sächd er sisch un steht uff. Den gaddische Stoi nimmt er noch e Mol in d'Händ, dud en korz betrachte un lässt en donn ins Wasser blodse: „Aus un vorbei mit dem Kephas, e treulose Tomate bischd, moin liewer Simon, en Versager", grummelt er. Donn macht er sisch uff de Weg nach Kapernaum.

Es is schun dunkel, als er sei Haus erreiche dud. Er will sei Fraa ned störe, drum macht er sisch newedro im Schopf bei de Fischernetz e Plätzle zrechd. Ganz hordisch fällt er in en schwere, longe un traumlose Schlof.

Gege Mittag werd er dorch e Gräusch gweggt. Sei Fraa hod den halboffene Verschlag vum Schopf gesehe un will nochgegugge, was do los sei keend. Sie sieht ihrn Monn, wie er in dreggische Klamotte un mit ganz verschroggene Aage doliegt un mühsam versucht uffzstehe. Die zwee gugge sisch traurisch o. „Is mein Bruder Andreas schun do?" Die Froog vum Simon is kaum z'verstehe, so leis un verzagt werd se gstellt. Stumm niggt sei Fraa. Sie hod also schon was ghört von dem, was in Jerusalem alles passiert is. Sie will ned neugierisch sei, dum frogt se'n nix, dud sisch awwer ihrn Teil denke. Zsamme gehe se ins Haus nüwwer un sie stellt ihrm Mann en Teller Supp uff de Tisch. Stumm löffelt den de Simon aus, steht donn uff, geht aus em

Haus un nunner an de See. Dort hoggt er bis zum Owed un glotzt
üwwers Wasser. Er kriegt ned mit, dass sein Bruder Andreas e
Weil hinner ihm stehe dud. Sie hawwe sisch nix z'sage.

Am annere Tag steht er gonz früh uff un geht wieder runner an
de See. Er will jetzerd bade, unnerdauche un all des, was an
Dregg un Laste irgendwie an em hänge dud, abwasche un
abkratze. Wie gut des dud, wie neugebore fühlt er sisch.

FISCHERBOOTE | ALTRHEINARM BRÜHL

Als er wieder ogezoge is, erinnert er sich, wie er als Bu immer
am Wasser gspielt hod. Er fängt o, wie frieher Stoiner im hoche
Boge so weit wie möglisch zu schmeiße. Un er versucht, kloine

flache Kiesel üwwer's Wasser danze z'losse. Awwer es will nimmer reschd klappe; sie blodse immer glei ins Wasser. Er setzt sich wieder ans Ufer, lehnt sisch an en Boom o un kummt ins Döse.

Donn bassiert ebbes, was er sisch üwwerhaupt ned erkläre konn. Er sieht Jesus Christus – gonz deutlich! Er zwingert em ned mit de Aage zu wie in dem böse Traum, nee, der dud en jetzerd gonz klor, stark un bewusst ogugge. Jubel steigt im Simon uff: Jo, er hod's gsagt, dass er von de Tote ufferstehe dud. Er hod's wirklisch gmacht, er is de Messias, de Menschesohn, Gottes Sohn, de Heiland, de Erlöser. Er hod misch jetzerd zum zwette Mol in sei Nachfolge grufe! Die Erscheinung is Ufftrag for misch, ich derf un will sein Bote un Apostel sei.

Wie bnomme bleibt er noch bei dem Boom hogge. Er zweifelt noch e bissele, ob er des wirklisch pagge konn. Es fällt em donn oi, wie er domols uff em See hod laafe kenne, weil Jesus ihn grufe hod; dann is er awwer doch abgsoffe, weil er s'Vertraue verlore hod. Werd sei neues Vertraue stärker sei? Er steht uff un geht noch e Mol ans Seeufer un schlurft mit seine Fieß im Kies rum. Uff ä Mol sieht er en große, runde un glatte Kieselstoi. Er hebt en uff un dud en staunend betrachte. Der is was Bsunneres, der is en Kephas!, geht's em durch de Kopp un sächd donn laut: „Ich probier's!" Er paggt den scheene Kiesel feschd zwische Daume, Zeige- un Mittelfinger, dud gebüggt loslaafe, holt mit em rechte Arm aus zu em große Schwung un lässt den Dinger knapp üwwer'm Wasser los – un der Kephas-Stoi dud donn uff de Owwerfläch hüpfe un dänzle bis mer'n nimmer sehe konn.

Die Aage vum Simon were immer größer un strahle glücklisch wie bei em Kind. Er reißt sei Ärm hoch vor Freud un Dankbarkeit: „Ich konn's, ich konn's noch. Ich konn wieder Vertraue

hawwe zu Jesus Christus. E starke Sach is des. Ich konn wieder
Simon Kephas heiße. Die froh Botschaft vun Jesus Christus fängt
jetzerd erschd rischdisch o. Ich geh zrück nach Jerusalem."

XXII

Rachel dud's verspreche

Jesus un d'Fraue

Rachel is neigierisch un will wisse, warum vum Dorfplatz so viel Gschnadder z'höre is. Von ihrm Elternhaus hod se bis dort no bloß paar Schritt z'laafe Unnerwegs fällt rer wieder ihrn 14. Geburtstag oi, der morje groß gfeiert were soll. Ihr Verlobung mit em Gideon soll bekannt gewe were. Sie kennt en zwar noch ned, awwer sie werd en scho irgendwie lieb hawwe un sisch an ihn gwöhne.

Noch gonz in Gedanke kriegt se erschd ned mit, warum heit in ihrm Städtle Tiberias am See so en große Rummel is. De Wunderrabbi Jesus vun Nazaret soll kumme, vun dem mer so viel Bsunneres hört, seit er mit seine zwölf Jünger un Schüler durch gonz Galilä un um de See Genezareth rum ziehe dud. Oiner vun seine Jünger soll sogar aus em Nochbersdorf kumme.

Sie stellt sich e bissele abseits zu e paar Freundinne no un dud sisch wunnere, dass so viel kranke Leit z'sehe sin. Donn uff ä Mol kummt Bewegung unner all die Leit, sie juble, kreische un singe. Un irgendwu in de Mitt vun allene wird oiner gonz arg gedädschelt. Des muss de Jesus sei, denkt sisch Rachel. Bal druff herrscht wieder Ruh un sie hört de Jesus mit ruhischer un klorer Stimm rede. Eigentlisch sympathisch, hörte se ihr Freundinne sage. Denn sie is mit ihre Gedanke scho wieder bei ihrer Verlobung. Ob ihr Gideon aa so schee schwätze dud?

En gewaltische Jubelschrei reißt se aus ihre Träum: „Halleluja, gepriese sei de Allmächdische! Er hod se gheilt! Sie is wieder gesund!" Vorher kriegt se noch zwee Wortfetze vun dem mit, was de Jesus seller grad ewe gheilte Fraa zurufe dud: „Glaawe" un „gholfe." Sie zuggt zsamme; denn die Wort treffe se irgendwie. Üwwer de Glaawe hod se bisher noch nie groß nochgedenkt. Glaawe – wie konn der oim helfe? Mit soddische Gedanke geht se wieder hoim.

Am nächschde Tag kriegt se gonz viel Glück- un Schalomwünsch z'höre. Sie strahlt un is doch traurisch. Denn de Gideon, dem se jetzerd offiziell versproche is, is gar ned do. Ratlos sucht se unner all dene viele Gäst noch ner bstimmte Person, der se vertraue un ihr Herz ausschütte konn. Endlisch sieht se ihr scho ältere Miriam-Dande. Die nimmt d'Rachel bei de Händ un geht mit rer zu em ruhische Plätzle hinnerm Haus.

„Gell, du bischd arg entdäuschd, dass du dein Bräudigam heit ned hoschd sehe un umarme kenne. Ich konn dich gut verstehe, mei lieb Rachel. Awwer des is halt bei viele Sippe immer noch so üblisch, dass die Mädle ihrn Bräutigam erschd bei de Hochdzisch sehe derfe. Bei mir war's aa so, leider. Vielleicht is'es bei deine Döchder oder Enkelinne scho annerschd." Die Zwee hogge noch e Weil vertraud zsamme un d'Rachel konn wieder e bissele lache.

„Konn's sei, dass ich dich geschdern uff em Dorfplatz gsehe hab?", fängt die Dande e anneres Thema o. „Wie e Träumerle bischd' dogstanne un als de Jesus selle kranke Fraa gheilt hod, gell, do bischd' e bissele verschrogge un ins Nochdenke gkumme." „Jo, ich war dort un hab ofangs noch an mein Gideon denke müsse. Doch als ich vum Jesus ghört hab, dass de Glaawe helfe keend oder so ähnlisch, hod des mich uff em falsche Fuß verwitschd. Sag, Miriam-Dande, konn de Glaawe wirklisch helfe – aa mir?"

Die älter Fraa guggt die hübsch un blutjung Braut long un verständnisvoll o, legt ihrn Arm um se rum un drüggd se an sisch. „Warum denn ned?", flüsterd se. „Glaawe hod doch mit Vertraue zu du, mit Vertraue zu Gott un zu de Mensche, mit Hoffung un mit Liewe. Er is e groß Gschenk vun Gott. Un er is immer for Üwwerraschunge gut, die dir in deim Lewe neie Dürle uffmache." Seit wonn konn denn mei Dande so fromm schwätze, denkt sich d'Rachel. Sie bleiwe noch e Weil hogge un gehe donn wieder noi ins Haus zu de annere. „Willschd' morje mol bei mer vorbeigugge. Ich däd dir gern noch mehr verzähle", sagt d'Miriam noch un d'Rachel niggt rer zu.

Am annere Dag geht d'Rachel zu ihrer Dande, die uff de anner Seit vum Städtle in nem kloine Haus als Wittfrau wohne dud. Rachel fällt uff, dass grad Wäsch mit Mannsleitkleider im Garde hänge dud. „Ah, schee, dassd' do bischd, mei Gute", begrüßt se d'Miriam. „Dädschd' mer, bitte, schnell e bissele zur Hand geh? Ich meen, die Wäsch is bal drogge un konn abghängt were."

Die Zwee setze sisch im Garde uff e Bänkle un trinke frisch Brunnewasser. Rachel verzähld eifrisch, was se an ihrm Geburdsdag noch alles erlebd hod. Als se ferdisch is, fängt die Dande o: „Gell, Rachel, heit bischd' üwwer misch e bissele verschrogge, wie du all die Wäsch gsehe hoschd!" Sie lacht, als ihr Nichte zustimme dud. „Ich will der's erkläre, awwer des is e länger Gschicht. Hoschd' so viel Zeit?"

„Es war vor em halwe Jahr, do hab ich mol wieder in Kapernaum drowwe mei Bäsle Salome bsucht. Konnschd der vorstelle, dass mer viel z'schwätze ghabt hawwe. Sie kummd donn uff den Wanderpreddischer Jesus vun Nazaret z'spreche, gonz begeischderd is se. So oifach un schee dud der vun de Liewe Gottes verzähle, sächd se. Mit Gleichnis aus em Alltag erklärt er, wie des mit em Reisch Gottes zu verstehe is. Seller Jesus liebt gonz oifach uns Mensche, versteht uns un er hilft uns. Gonz viel Kranke hod er schun gheilt! Un er hod so viele wieder zum Glaawe verholfe!" Also mei Salome-Bäsle war fast ned z'bremse. Doch bei aller Begeischderung hod se ned vergesse, dass se aa e praktisch denkend un zupaggend Fraa is. „Du musschd der vorstelle," fährt se fort, „wenn de Jesus so üwwer die Dörfer zieht, is er doch ned alloi, nee, do sin immer massisch Leit um en rum. Zum oine gibt's do sei zwölf Jünger, donn gibt's do noch en mehr offene Ohängerkreis vun Fraue un Mannsleit. Oine vun dene viele Weibsleit bin ich, dei Bäsle Salome. Mir hawwe nämlisch bal gmerkt, dass die fromme Männer zwar schee des neie Lewe vum Reisch Gottes verkündische un for sisch praktiziere due, awwer dass se im Alltag oft so hilflos dostehe wie de Ochs vor em Berg. Drum hawwe mir uns gsagt, dass mer die froh Boschaft vum Jesus uff unser Art unnerstütze welle. So hawwe mer ogfange, dodefier z'sorge, dass die Jesusleit ab un zu was Gscheits z'esse kriege, dass ihr Wäsch mol gwasche werd, sie oweds e feschdes Dach üwwer ihrn Kopp hawwe un e Plätzle zum schlofe, usw. Reichere Fraue stegge ne ab un zu aa paar Silwergrosche zu. So is allmählisch vun Ort zu Ort e rischdisch

Netzwerk entstanne. Nadürlisch kenne mir Fraue unser Gosch ned halte, stelle unser eige Frooge an de Jesus un diskutiere munter mit. Mancher von dene Mannsleit muss do schwer schlugge."

Mit em glücklische Lächle lehnt sich d'Salome zrück. Ich gugg se o, denk e Weil noch un du donn mei Bäsle spontan umarme. „Des hoschd' awwer schee verzähld. A was, ned nur schee, du hoschd mich üwwerzeugt un gwunne. Ich hab jo schun mol was vun dem Jesus ghört un will misch drum jetzerd spontan aa der Jesus-Bewegung oschließe un mach gern bei euerm Fraue-Netzwerk mit."

Die Dande un ihr Nichte sitze do un sage long nix. „Aah", fängt Rachel wieder o, „jetzerd weeß ich, warum bei deiner Wäsch so viel Mannsleitkleider sin! Gell?" „Jo, als vorgeschdern de Jesus un sei Leit bei uns in Tiberias okumme sin, hawwe die Kittel vun einische Jünger so was von liederlisch ausgsehe un a gstunke, dass ich se hordisch mitgnumme un gwäsche hab. Ich muss mich jetzerd eile, damit ich se heit noch zrückbringe konn, bevor se ins näschde Ort gehe!" „Klor, Dande, ich helf der gern. Un derf ich donn mitgehe zum Jesus un seine Jünger? Ich däd so gern was üwwer de Glaawe froge."

Fix nehme die zwee Fraue die Wäsch von de Lein, gugge se dursch un due noch vier Kiddel e bissele fligge, gehe los un finne noch einischem Suche die Jesusleit. Die freue sisch üwwer die Wäsch un verstaue se glei in ihre Bündel. Es stört se ned, als Miriam un Rachel sisch ufrogt zu ihne in de Kreis setze. Bal kriege se mit, üwwer was se grad disktutiere. Wer glaawe konn, dem sin alle Ding möglich, hod de Jesus gsagt. Awwer mir Mensche hawwe doch so viel Uglaawe un Zweifel, derf mer donn im Gebet um Hilfe bitte? Miriam mischd sisch oi un meend, dass de Glaawe in Ruh wachse muss, wie zum Beischpiel e kloins Senfkorn, aus dem en große Strauch wachse dud; so hod's doch Jesus in em Gleichnis gsagt. Rachel hört ehrfürschdisch zu un merkt sisch all Wort.

Sie müsse bal wieder weg, weil se noch vor Sunneuntergang dehoim sei welle. Unnerwegs sächd die Miriam eher beiläufisch: „De Jesus geht demnächschd mit seine Jünger zum Passahfeschd noch Jerusalem nuff. Do erwarde viel, dass was ganz Bsunneres mit Jesus passiere keend. Ich werd misch aa uff de Pilgerweg mache." „Oh Dande, dädschd du misch do bitte-bitte mit-nemme? Ich will doch glaawe un drum is mir des doch aa möglisch? Oder?" Do bleibt de Miriam nix anneres üwwrisch, als Jo z'sage.

„Mein Glaawe is hard geprüft, awwer aa feschder gworre," war des oinzige, was d'Rachel vun ihre Erlebnis in Jerusalem hod verzähle welle. Aus dem ubschwert Hipferle un Träumerle werd allmählisch e junge kluge Fraa, die sisch uff ihr Hochdzisch vorbereite dud.

„Freu disch uff dein Gideon, du werschd bstimmt e glücklisch Lewe mit em führe. Mein Sege sollschd hawwe!" Rachel hod sich en gonze Nochmittag Zeit gnumme, um noch e Mol ihr Dande zu bsuche. Sie lässt sich nix omerke, dass se e bissele verschrogge is, weil dere ihr Stimm so leis un kraftlos klinge dud. „Du werst mer scho fehle, mei lieb Kind, wenn du donn vom See weg zu deim Monn ins Bergland ziehe werschd. Ehrlisch, ich spür mei Alter un aa moi Täg were jetzerd schun gzählt sei. Ich muss drum noch ebbes was mit der schwätze. Es geht mer ned aus em Kopp, was mir zwee mit dene viele Fraue in Jerusalem drowwe erlebt

144

hawwe. Die Gschicht mit dem Jesus geht nämlisch noch dem Pfingschfeschd weiter, un wie!" Ihr Stimm werd wieder lebendischer. „Sei frohe Botschaft werd weiter verkündischd un immer weiter verzählt; bal werd mer se aa uffschwreiwe. Doch ich hab Ängschd, dass donn die Mannsleit die Roll vun uns Fraue unner de Disch falle losse. Du bischd noch jung un mutisch. Drum musschd du mir jetzerd eens ganz feschd verspreche: Verzähl vun unserm Fraue-Netzwerk in Galiläa! Sag, wie's war un was mir alles gmacht un gholfe hawwe. Aa wie's donn zledzschd in Jerusalem gloffe is. Ach, weesschd' noch, wie Du hordisch uff em Markt den fehlende Meerrettisch bsorgt hoschd, damit de Jesus mit seine Jünger ihr Passahmahl hawwe feire kenne. Ohne unser Hilf häde die des doch niemals alloi richde kenne, weil des jo Sach vun de Hausfraa is. Un was hawwe die Jünger ned groß gedönd un versproche, wie treu se bei Jesus bleiwe welle. Und donn, als druff okumme is, hawwe se de Schwanz oigezoge, hawwe gepennt, sin gflohe. Die hawwe die groß Gschicht vum Jesus faschd ganz verboggd. Verzähl ruhisch, dass mir Fraue aus Galiläa es ware, die dapfer un in stiller Treu d'Fahn vum Jesus hochghalte hawwe, die feschd zu Jesus gstanne sin – vor allem d'Maria Magdalena, die derfschd uff koin Fall vergesse. Als er sei Kreuz naus uff Golgatha hod trage müsse, hawwe nur mir Fraue ihn begleitet. Dich, mei Rachel, hab ich awwer in unser Herberg zrüggschiggt; ich wollt dir des Grauevolle vun so ner Kreuzigung erspare. Mir Fraue awwer hawwe unner größte Schmerze des alles miterlebt, hawwe gebetet un geklagt. De Herr Jesus hod uns bstimmt gsehe un ghört, was em gwieß e bissele Trost gewwe hod. E paar von uns ware noch debei, als er donn elendisch gstorwe is. Sie ware aa debei, wie so en vornehme Ratsherr dursch sei gute

Beziehunge den arme Verstorbene vum Kreuz abnemme un in e Felsegrab hod lege losse. Sie hawwe sich die Stell gnau gmerkt, damit se noch em Sabbat ganz frieh am Morje sein Leichnam häde oibalsamiere kenne. So mutisch ware se. Awwer was sin se verschrogge, wie en Engel vor ne gstanne is, der ihnen verkündische dud, dass de Jesus vun Nazaret vom Tod ufferstanne is. Grad Fraue, dene ihr Wort vor Gricht ned gelte dud, solle des dene verschwundene Jünger bezeuge un weitersage."

Ganz erschöpft un mit rotem Kopp macht die Miriam e länger Paus un guggt die Rachel mit müde, awwer strahlende Auge o. „Du musschd des verzähle, immer wieder. Gell, des machschd du? Versproche?" „Versproche, Dande. Ich will doch aa vun mein Glaawe brichte, der mir soviel helfe dud."

WORTVERKÜNDIGUNG | ÖKUMENISCHES FRAUENTEAM BRÜHL

Vier Woche später gibt's e groß Feschd, d'Rachel un ihr Gideon heire. Vun ihre Träumereien gehe ned alle in Erfüllung. Doch die Zwee sin offe un ehrlisch zuenanner un so dud ihre Liewe schee wachse. Rachel konn ihrn Mann for die jung chrischdliche Gmei gwinne. Un sie dud immer un üwwerall vum Jesus un seiner Frohbotschaft, em Evangelium verzähle. Sie konn awwer aa gonz hefdisch were, wenn die Roll vun de Fraue vun mansche unnerschlage werd.

Die Freud üwwer d'Geburt vun ihrm erschde Kind wird leider getrübt durch d'Nachricht vum Tod ihrer Miriam-Dande. „Versproche is versproche" flüstert d'Rachel leis un drückt ihr jungs Töchterle ganz feschd on sisch.

XXIII

Paulus sieht jetzerd sein neie Weg

Paulus in Damaskus

Jesus un de Saulus Paulus sin sisch in Galiläa un Jerusalem nie üwwer de Weg gloffe. Keennd awwer aa sei, dass de Saulus em Jesus gern aus em Weg gange is, weil er mit dem, was seller gepreddischd hod, üwwerhaupt ned oiverstanne is.

De fünf bis siewe Jöhrle jüngere Saulus Paulus is in Tarsus gebore, e Städtle im Südoste vun Kleinasie, was heit d'Türkei is. Sei Eltere oder aa schun d'Großeltere stamme aus Galiläa. Dursch en Krieg sin se Sklave worre, hawwe sisch awwer frei kaafe un sisch s'römische Bürgerrecht erwerbe kenne. Fleißisch wie se ware, hawwe se e kloi G'schäftle mit Zelte aus Lädder ogfange. Als ihrn Bu gebore is, gewwe se dem die zwee Nome Saulus un Paulus. Mit em erschde soll er wisse, dass sei Leit als fromme Jude stolz sin uff de erschde jüdische Keenisch Saul, der wie sie vum Stamm Benjamin rauskummt. De zwette Nome soll irgendwie zum erschde passe un zeige, dass sie römische Bürger sin un aa griechisch schwätze kenne. So sin se uff Paulus kumme; de Korze oder de Kloi heißt des. Als Bu geht er in d'Religionsschul un lernt im eige Gschäft Zeltmacher. Später geht er zum Schdudiere noch Jerusalem. Er will sisch in seim jüdische Glaawe un in den biwwlische Schrifte gnau auskenne. Er will rischdisch fromm sei un feschd im Glaawe stehe. Desderwege dud er sisch seller groß Bewegung oschliesse, die sisch Pharisäer – d'Fromme – heiße. Die nemme ihrn Glaawe wirklisch ernschd un welle d'Gebote Gottes un des Gsetz vum Mose bis uff's ledzschde i-Düpfele – em Jota – gnau erfülle. Nur wemmer's so mache, sage sie sisch, dud unser Lewe Gott gonz gfalle. Mir fange o demit un welle Vorbilder sei.

De Saulus Paulus war so en ganz eifrische Phärisäer. Er war üwwerzeigt: Moin Weg is und bleibt de rischdische. Er is drum aa gonz närrisch wore, weil die Ohänger vun sellem Jesus aus Nazareth, den se gekreuzigt hawwe, Sache behaupte, mit dene er nie un nimmer oiverstanne sei konn. Do muss was gschehe un du muschd stark degege halte, denkt er for sisch.

Drum war er froh, dass es dene Jesus-Ohänger in Jerusalem gzeigt worre is. Dem Stephanus zum Beischbiel, den se gstoinischd hawwe, was er selwer gsehe hod. In Damaskus drowwe, wu's e groß Synagog gibt, hod's, wie er ghört hod, aa soddische vun der Sort, die wu meene, dass se den neue Weg von dem Jesus gehe misse. Do geh ich no, sächd er sisch, un pfeif die zrück. De Hohepriester in Jerusalem, der aa for die in de syrische Provinz de owwerste Glaubenshüter is, stellt em e Schreibes mit alle Vollmachte aus.

So zieht de Saulus Paulus voll Tatedrang los. Es war so um anno 35. Er dud ned älloi laafe, er schließt sich so ner Karawane o. Als er stolz un eifrisch korz vor de große Handelsstadt Damaskus is, do passiert's.

Er fällt uff d'Schnauz un liegt unne im Dreck – wie vum Blitz getroffe. E himmlisch Lichd iss es, des en störze lässt, un er hört e Stimm, die sächd: „Saul, Saul, was verfolgschd du misch?"

149

„Herrgott noch e Mol", kriegt der gfallene stolze Kerl grad noch so raus, „wer bischd du denn?" Un er hört als Antwort: „Ich? Ich bin de Jesus, den du zsamme mit meiner junge Gmei verfolge duschd!" Er konn dem Jesus nimmer aus em Weg gehe, denn der stellt sisch quer zu seim Weg.

Im Kopp vum Saulus dud's jetzerd rattere. Alles dumm gloffe. Kummschd du aus dem gonze Schlamassel un Dreck do unne wieder raus? Dein Weg is doch der rischdische. Oder doch ned?

„Alla, steh uff un geh in d'Stadt noi. Do werd mer dir scho sage, wie's weiter geht mit der un was du do z'mache hoschd," hört er die Stimm vum Jesus weiter sage. Sei Weggfährte vun de Karawane höre's aa, awwer sehe due se niemeds.

Alla, steh uff. A her, als ob des so leicht wär, wemmer im Dreck liegt, oim dormelisch is un zudem noch dem helle Blitz nix mehr sehe konn. Alla, steh uff! Du hoschd gut rede, Jesus, ich bin doch älloi un hilflos.

Doch sei Reisebegleiter nemme den Gstörzde wie en kloine Bu an de Hand un fiehr'en noi in d'Stadt. Sie finne noch e Herberg, wu se bei em Monn nomens Judas e Kämmerle for en kriege. Do hoggd donn der Kerl, älloi mit seine Gedanke. Drei Täg long dud er nix esse un trinke. Ned nur desderwege, weils'em de Appetit verschlage hod uff den Schreck hi. Nee, er will un muss jetzerd faschde. Er hod's jo schun öfters gmacht un weeß, dass des e gute religiös Üwung is, die was bringt, wemmer mit sisch un em Herrgott ins Reine kumme will. Du bischd klor im Kopp un konnschd besser in disch selwer neigugge, – aa wenn'd blinn bischd. Faschde un bete: Des braucht sei Zeit.

Eigentlisch keennt jo de Jesus noch e mol mit em Saulus Paulus direkt schwätze. Macht er awwer ned. Warum? Es sin annere Zeite seit de Himmelfahrt; die Zeit von seiner Kärch hod ogfange. Chrischdeleit hawwe jetzterd im Nome vum Jesus zu redde und zu handle. De heilische Geischd hilfd ne dodebei.

So guggt sisch de Jesus den Hananias aus, e gwöhnlich Gemeindeglied von Damaskus, koin Priester un koin Bischof. Dem sächd er: „Steh uff un geh in d'Grade Stroß ins Haus vum Judas. Do is de Saulus aus Tarsus, der uff disch warte un bete dud."

De Hananias kriegt e Gänsehaut. Denn er hod jo schun ghört, was seller Pharisäer aus Jerusalem an böse Sache vorhod. Der kann mer gstohle bleiwe. Er wehrt un wehrt sisch, was jo sei gutes Reschd is. Er ringt mit seim Herr. Mit em schwere Herz stimmt er dem Ufftrag zu. So geht er als Bote vum Jesus Christus zu dem blinne und faschdende Saulus Paulus um dem z'sage, dass er jetzerd Gottes auserwähltes Werkzeug is; nimmer de Verfolger vun Christus un seiner Gmei – a was, sondern e Werkzeug, des e aktiv Roll üwwernimmt als Heideapostel im römische Reich un als Zeuge Christi vor Keenische un em Volk Israel. Die chrischdliche Gmei soll größer were, die Kärch soll sisch ausbreite, d'froh Botschaft, des Evangelium Christi soll nausgehe in alle Welt.

Es is for den grade Monn Hananias koin oifache Botedienschd un Seelsorgeufftrag. Er muss klore Wort redde un konn ned drumrum schwätze.

Als er donn ins Kämmerle vum Saulus Paulus neikummt, sächd er Bruder zu em un dass er gschickt wore is un im Nome Jesu handelt. Bete dud er mit em, d'Hand ufflege un segne, Gottes

heilischer Geist wird ogrufe; zledzschd wird er gedaafd. Ver-
traue entsteht zwische dene zwee Männer, altes Leid werd ver-
gesse. Paulus konn wieder sehe, wie Schuppe fällt's em vun seine
Aage. Er konn un will den Ufftrag onemme un mit Lewe fülle.

„Doch erschd e Mol will ich was veschbere", sächd de aus-
ghungert Paulus. Loss der's schmegge! Er is wieder uffgstanne
un geht sischer sein neie Weg. Un er will nur noch Paulus heiße.

GLOCKENTURM I GEMEINDEZENTRUM BRÜHL

XXIV

Kephas hipfd üwwer sein Schatte

De Hauptmann Kornelius

In dem Garnisonsstädtle Cäsarea am Mittelmeer is de
Hauptmann Kornelius stationiert. Als Centurio is er bei seine
Soldate bliebt, aa wenn er streng un gnau druff achte dud, dass
im Dienst alle Befehl streng oighalde were.

Privat sieht's bei em e bissele annerschd aus. Do hod er sisch als
römischer Heide mit de oiheimische jüdische Religion
ogfreundet. So rischdisch üwwergetrete is er zwar noch ned,
awwer er un sei gonz Familie halde sisch in ihrm Alltag nach de
jüdische Gebote un Vorschrifde. Regelmäßisch dud er zu Gott
bete un er gibt reichlisch Spende. So ebbes fällt natürlisch uff.

An em frühe Nochmittag um drei Uhr hod er uff ä Mol e Vision.
En Engel dud em erscheine. „Hej du, Kornelius, horch e Mol",
fängt der o, „also meim Chef, dem bischd du uffgfalle. All doi
Gebete un Almose – prima!" Seller weeß ned, wie em is, doch de
Engel macht koi Paus, schwätzt weider un gibt dem brave Soldat
glei en Befehl: „Alla, schick mol hordisch e paar von deine
Männer noch Joppe runner un loss den Simon Kephas hole, den
mer aa Petrus heiße dud. Seller is grad z'Besuch beim Gerber,
dem sein Nome aa Simon is. Sei Haus liegt glei am Meer."

Kornelius denkt ned long noch un dud den himmlische Befehl glei umsetze. Zwee vun seine eigene Dienschdleit un en fromme Soldat, die all sei gonz Vertraue hawwe, dud er korz instruiere un schiggd se los ab noch Joppe, des en stramme Tagesmarsch südlisch von Cäsarea liege dud.

Nadürlisch macht sich de Kornelius sei Gedanke, was er mit dem Simon Kephas ofange sodd. Er kennd en doch gar ned. Andrerseits wird alles schun sein Sinn hawwe, denn es war jo en rischdische Engel, den er ghört hod. Drum is er gspannd, was do alles raus komme werd.

Des frische Windle, des vum Meer herkummt, dud em Simon Kephas gut. Er will die paar Täg weit weg vun Jerusalem gnieße. Dort leitet er seit e paar Johr zsamme mit em Jakobus die chrischdlische Urgmei. Er is ned nur als Predischer gfrogt, sondern aa als Manager. Es sin immer wieder so viel Sache zu entscheide. Grad jetzterd is er in em hefdische Disput mit dem neie Apostel Paulus, der wu die Heideleit missioniere dud. Müsse selle erst e mol Jude were un alle Gebote un Speisevorschrifte halte, bevor se donn als Chrischde gedaaft werde kenne? De Simon Kephas un sei Leit bstehe druff, awwer de Paulus sieht des annerschd.

Des alles hod er noch im Sinn, als er mittags um Zwölfe zum Bete uff s'Flachdach vum Gerber Simon seim Haus steige dud. Noch ner Weil kriegt er Hunger un d'Hausfraa will em was z'recht mache. Doch während die unne noch am Gscherre is, erlebt de Kephas owwe uff em Dach sei bloo Wunner. Es packt en irgendwie, er grät in Ekstase, fällt uff sei Knie un sieht de Himmel offe. Mensch, do kommt was runner, e groß Leinduch is es, an vier Zipfel ghalde. Nee, was wimmeld un kreischd's do in dem Lappe: Viecher un Vögel. Donn hörd er Stimm: „Kephas, steh uff, schlacht der was vun dene Viecher un ess es donn!"

Wie im Reflex guggt er, ob des alles koscher un dodemit essbar is. Also Viecher mit gonz durchgschpaltene Klaue un aa Wiederkäuer – o.k., die sin rein. Doch was sieht er do – en Has, der hod doch koi durchgschpaltene Klaue; un do e Sau, die is koin Wiederkäuer. „Um Himmels wille, nee", fährt's aus em Kephas grad so raus, „so ebbes hab ich noch nie gmachd, dass ich was Verboddenes un Unreines schlachde un esse däd!" Donn hörd er wieder die Stimm: „Vunwege, moin Liewer, was Gott rein gmachd hod, zu dem sag du ned: verbodde."

Doch den Schatte vun dene alde un vertraute Vorschrifte werd der fromme Monn so schnell ned los. Drei Mol hörd er die Stimm un sieht des Duch mit dene Viecher, bis es schließlisch wieder im Himmel verschwinde dud. Kephas is immer noch newe de Kapp. Sei Hern is wie vernaggeld. Wirklisch was Anneres wage un sisch for was Neies öffne?

Inzwische sin d'Männer vom Kornelius bis nach Joppe kumme, froge sisch dursch bis zum Haus vum Gerber Simon, kloppe dort an die Tür un rufe: „Hallo, is do ebber als Gaschd, der wu Simon Petrus heiße dud?" Doch niemeds vun de Hausleit hört's. Doch de Petrus owwe uff em Dach kriegt's mit – awwer wie! Er is jo immer noch newe die Kapp un so muss de heilische Geischd persönlisch nochhelfe. „Hej, Kephas, kumm wieder zu der, unne suche disch drei Männer! Hör se o un mach, was se der sage un geh mit ne. Vertrau mer; denn de Hergott steht do dehinner."

Petrus steigt vum Dach runner un öffnet dene Männer d'Haustür: „Ich bin's wohl, den ihr suche dud. Warum seid er denn do?" Die Männer sage ihr Sprüchle, des ihr Hauptmann Kornelius ihne uffgetrage hod. Nämlisch dass er en fromme un gottesfürschdische Monn is un dass en heilische Engel ihm befohle hod, de Petrus in sei Haus z'hole. Un dass er, der Kornelius, donn gern höre will, was der em z'sage hod.

Als se ferdisch sin, sächd de Petrus erschd e mol gar nix. Awwer er macht was, des ihm bis jetzerd noch nie bassiert is: Er dud die römische Heide in e jüdisches Haus oilade un lässt se sogar drin üwwernachte. Er fängt langsam o, üwwer sein Schatte z'hipfe un sisch for was Neies un Anneres z'öffne.

Am nächschde Dag mache sisch de Petrus Kephas un d'Männer vum Kornelius uff de Weg von Joppe zrück nach Cäsarea. De Petrus nimmt als Verstärkung noch e paar Leit vun de örtliche Chrischdegmei mit. Als se in Cäsarea okumme, steht de Kornelius mit em gonze Empfangskomitee parat, mit all seine Verwandte un nächschde Freund. Üwwereifrisch begrüßt er sein Gast, den er for en Heilische halte dud. „A was soll des!", wehrt de Petrus ab, „ich bin doch aa bloß en Mensch." Er sächd donn weiter, dass er vun Gott grad was Neies glernt hod un er jetzerd nimmer unnerscheide dud zwische reine un unreine Mensche, zwische Jude un Heide. Desderwege geht er mit nei in des Haus vum Kornelius. Doch donn stell er e Frog, die zeigt, dass er immer noch ned ganz durchbligge dud: „A her, sagt mer mol, warum habt ihr misch eigentlisch kumme losse?"

Kornelius verzählt vun dem Engel, der bei em war un sächd donn zum Schluss: „Mir alle do im Haus schpüre, dass Gott jetzerd bei uns is. Mir welle drum höre, was er uns z'sage hod. Un du, liewer Simon Kephas Petrus, werschd uns des alles sage un verkündische. Du bischd vum Herr selwer beufftragt, du bischd sein Apostel."

Petrus lässt sich ned long bitte un fängt z'predische o. Er will Zeugnis ablege vun Jesus Christus, so wie er's schun so oft gmacht hod. Un doch is es des Mol e bissele annerschd. Sei Zuhörer sin nämlisch ned nur Jude, sondern aa gottesfürchdische Römer un sogar Heide. Awwer de Petrus hod dodemit koi Problem mehr. Er is offe for all des, was annerschd gworre is. Er hipft üwwer sein eigene Schatte. „Unser Herrgott guggt ned uff die Persone", fängt er sei Predischd o. „Selle Wohred hab ich jetzerd mitkriegt." Er legt sisch rischdisch ins Zeug un hört uff mit dem Satz: „Alle, die an de Herr Jesus Christus glaawe, also die solle die Vergebung vun ihre Sünde empfange."

De Petrus hod den letzschde Satz noch ned ferdisch gered, do kriege die oine en heilische Schreck – s'blanke Entsetze sieht mer uff ihre Gsichter; die annere awwer falle in e heilisches Entzügge – sie jubiliere un singe un preise Gott, schwätze dorchenanner un rede in Zunge.

„Um Himmels wille – en Geischd!" Des war in de Luft.

„Um Himmel wille, nee! De heilische Geischd – aa üwwer Heide!" Des kenne die oine, die schun gedaufde Judechrischde üwwerhaubt ned verschdehe. „Nee, nee, so ebbes derf doch ned sei! Wu bleibt do d'Ordnung?"

„Um Himmels wille, jo! Hajo, de heilische Geischd erfüllt uns awwel!" So jubiliere die annere, dene die Christus-Predischd die Aage zum em neue Lewe geöffned hod. Sie hipfe un danze vor Freud.

Un beim Petrus fällt aa de ledzsche Grosche gonz nunner: „Hajo, Gott will's so. Er will, dass Heide direkt gedaafd were. Sein lebendische Geischd will weiter wirke." Drum stellt er donn feschd: „De Kornelius un all sei Leit haww ewe de heilische Geischd empfange – so wie mir bei unsrer Daaf. Ich froog eich: Kenne mer dene liewe Mitmensche eigendlisch die Daaf mit Wasser verwehre?"

Nadürlisch hod des niemeds im Haus vom Kornelius welle. Un so is es bassiert. Awwer ned de Petrus selwer hod gedaafd, nee, die Uffgab üwwernimmt de Leiter von de kloine chrischdliche Gmei vun Cäsarea, die dodemit größer werd.

XXV

So solld'er bete

S'Vaterunser

„Du, Jesus, unsa Herr un Meeschder, sag e mol, kennschd Du uns ned e schee Gebet beibringe, des mer sich gut merke un in alle Lewenslage uffsage konn. Korz un bündisch sodd's sei. Un praktisch wär's, wenn dodemit alles gschwätzt is, um was mer de Herrgott immer for sisch un for alle annere Leit bitte konn."

Jesus lässt sisch ned long bitte, üwwerlegt e Weil, denkt aa an annere Gebet, die er kennt, un sächd donn: „So solld'er bete."

D'Jünger sin awwer erschd e mol gonz verwunnert, weil er sei Gebet ned uff Hebräisch sage dud, so wie se's vun de Psalme gwohnt sin. Nee, er dud sei aramäisch Muddersprooch verwenne.

Du, unsa Babbe, do owwe im Himmel.

Doin Nome, der soll uns heilisch sei.

Doin Reisch, des soll sich schicke.

Doin Wille, der soll was werre

bei dir im Himmel un aa bei uns uff de Erd.

Unsa täglisch Brot, des geb uns allerridd.

Un mit unsra Schuld, do mach en Schnitt –

wie aa mir bei denne, die uns was schulde.

Un loss uns ned schwach werre bei Versuchunge,

sondern hol uns raus aus dem Böse.

Denn du hoschd des Sage und des Kenne un de volle Glanz

for immer un ewisch.

Ame.

ALTAR | EVANGELISCHE KIRCHE BRÜHL

Worterklärungen

aba	nein
alla	los, auf
alleridd	immer wieder
awwel	eben, soeben
babble, Gebabbel	viel oder Unsinn reden, schwätzen
Bagaasch	Gepäck; Gesindel
blärre	weinen, laut schreien
blodse	fallen
Bobbele	kleines Kind, Kleinkind
Bosse	Unsinn, Dummheiten
bussiere	flirten
dadsche, dädschle	leicht schlagen, berühren
Deeds	Kopf
dormelisch	schwindlich, benommen
ebber	jemand
ebbes	etwas
Gosch	Mund, Maul
Gradd(e)l	Einbildung, Übermut, Stolz
Grischer	Schreihals

gscherre	herumhantieren
Haffe	Gefäß, Topf, Krug
Henggerle	Liebschaft, Freundin, Braut
helinge	heimlich
hewe	halten, festhalten
hibbelisch	aufgeregt, nervös
hordisch	schnell
jabbse	nach Luft schnappen
Maleschde	Beschwerden, Mühsal
Memme	Schwächling
rädse	reizen, sticheln
schebb	schief
schenne	schimpfen
Schwelles	dicker Kopf, Dickkopf
selle/r	jene/r
selwer	selbst
simeliere	betrachten, bedenken
Vordel	Vorteil
Zoores	Streit, Problem

Biblische Fundstellen

Über den Autor

Oskar Ackermann

* 1943	aufgewachsen im Neckartal
1949-1953	Volksschule Neckarelz
1953-1962	Nikolaus-Kistner-Gymnasium Mosbach/Baden
1962-1969	Studium der evangelischen Theologie in Heidelberg und Hamburg
1967/68	Lehrvikar in Forbach/Murgtal
1969	Ordination in Neckarelz
1969-1971	Vikar in Baden-Baden und Schopfheim
1971-2006	Pfarrer in Maulburg, Menzingen, Schopfheim und Brühl/Baden

In 28 Jahren 32 Predigten in symbadischer Kurpfälzer Mundart

Zeitfracht Medien GmbH
Ferdinand-Jühlke-Straße 7
99095 Erfurt, Deutschland
produktsicherheit@kolibri360.de